XUNZHAOTIANSHI

寻找天使

刘兴雨 / 著

辽宁人民出版社

© 刘兴雨　2017

图书在版编目（CIP）数据

寻找天使 / 刘兴雨著. —沈阳：辽宁人民出版社，2017.6（2024.1重印）

ISBN 978-7-205-09009-8

Ⅰ.①寻… Ⅱ.①刘… Ⅲ.①报告文学—中国—当代 Ⅳ.①I25

中国版本图书馆CIP数据核字（2017）第081223号

出版发行：辽宁人民出版社
　　　　　地址：沈阳市和平区十一纬路25号　邮编：110003
　　　　　电话：024-23284321（邮　购）　024-23284324（发行部）
　　　　　传真：024-23284191（发行部）　024-23284304（办公室）
　　　　　http://www.lnpph.com.cn
印　　刷：辽宁新华印务有限公司
幅面尺寸：170mm×240mm
印　　张：11.75
字　　数：200千字
出版时间：2017年6月第1版
印刷时间：2024年1月第2次印刷
责任编辑：孙姣娇
装帧设计：琥珀视觉
责任校对：吴艳杰
书　　号：ISBN 978-7-205-09009-8

定　　价：68.00元

目录 CONTENTS

一、震撼人心的送别

天使遽然归去 ……………………………………2

悲莫悲兮生别离 …………………………………4

二、天使是怎样炼成的

第一个记住她的司机 ……………………………10

在中学同学的记忆中 ……………………………10

感动导师的进修生 ………………………………13

批评表扬自己的人 ………………………………17

为一对木箱谋划 …………………………………19

在死婴前祷告 ……………………………………20

心系小村20年 ……………………………………22

为何放跑公鸡 ……………………………………24

天使的两次奇遇 …………………………………25

目录
CONTENTS

三、天使在哪里长大

光荣院老人为何牛 …………………………28

光荣院里的男伙伴 …………………………33

家里又来了三口人 …………………………35

名记者的感慨 …………………………37

四、天使在何方

被田连元演出的故事 …………………………43

母亲躲开了，她上来了 …………………………44

在患者与客人中选择 …………………………48

一件未织完的绿毛衣 …………………………49

天使怎样对待礼物 …………………………52

五、人民医院与人民币医院

欲说还休的医患关系 …………………………58

捡来的"老爹" …………………………60

目录

CONTENTS

偏远山区的盲聋哑人 ·················· 62

压在箱底的旧车票 ·················· 64

留住远道而来的病人 ·················· 66

两代人的缘分 ·················· 67

包了一半的饺子 ·················· 69

特殊的陪护 ·················· 71

病人给病人治病 ·················· 73

彭玉丰书记的一席话 ·················· 74

六、天使能当领导吗

从何处下手 ·················· 80

与日本客商做生意 ·················· 84

性急的人干慢活 ·················· 86

面对说真话的人 ·················· 87

一个大学生这样找到工作 ·················· 89

大方和小抠的奇妙统一 ·················· 90

远见与短视的畸形组合 ·················· 92

目录 CONTENTS

自己看病也交钱 ………………………………94

《人民日报》关注她哪一点 ……………………97

一个患者眼中的院长 ……………………………98

5年监狱没改造好的人 …………………………99

舞星为何蹬"板的" ……………………………100

党课的事她也操心 ……………………………102

李秋实生命的最后几天 ………………………103

药价那些事 ……………………………………105

一座建筑 多年梦魇 …………………………106

七、天使有亲属吗

亲家眼中的李秋实 ……………………………118

在公公婆婆的眼中 ……………………………119

八、陪伴天使的男人

红花在信中开放 ………………………………127

丈夫被妻子"赤化" ……………………………128

目录 CONTENTS

当丈夫遇到红颜知己 ······················· 131

纪念馆周围的几千棵银杏树 ················· 133

九、母亲在女儿心中

我是你们的亲生女儿吗 ····················· 136

妈妈还是爱我的 ·························· 138

别怕，妈妈在你身边 ······················ 141

几经磨难的发辫 ·························· 142

十、两个改姓的孩子

孤儿进了少管所 ·························· 146

当年少年犯的婚事 ························· 149

孤儿的祭奠 ····························· 150

十一、天使有缺点吗

天使会有缺点吗 ·························· 154

在别人娱乐的时候 ························· 154

目录

CONTENTS

生命中平常的一天 …………………………… 156

过皇家园林而不入 …………………………… 157

天使被"板的"司机指责 …………………… 159

采访者遭遇尴尬 ……………………………… 161

十二、你正确了　世界就正确了

一张令人心动的照片 ………………………… 166

人民代表该怎样当 …………………………… 168

舞台名角与天使的缘分 ……………………… 173

最后一个被采访者 …………………………… 174

2000年的清明节 ……………………………… 176

后　记 ………………………………………… 179

震撼人心的送别

ZHENHANRENXINDESONGBIE

彼苍天者，歼我良人。如可赎兮，人百其身。这是《诗经·秦风·黄鸟》中的句子。意思是说，那悠悠的苍天啊，要夺走我的爱人（当然也可说成敬爱的人或崇敬的人）的生命。如果能换回她的生命，我愿意死一百回。也有人说，这最后一句也可以理解为，我们上百的人都愿意为她去死。

桓仁这个山清水秀的地方，人们充满了灵性。尽管许多人一辈子没听过这几句诗，就像许多人一辈子没有看过火车。可一个人的逝世，突然像电光石火，猛然点亮了他们。

◎天使遽然归去

公元1999年12月29日，这一天，对桓仁县的父老乡亲来讲，是一个刻骨铭心的日子，也是一个令他们揪心的日子。说是刻骨铭心，不仅因为这一天是人们误以为的一个世纪将要结束的日子，更是他们视为亲人一样的李秋实突然逝世的日子。

桓仁的父老乡亲冥冥中似乎受到了什么召唤或启示，一下子懂得了"如可赎兮，人百其身"这句诗的含义，也一下子从内心涌起了这种人间神圣的少有的情感。翻译成患者的话说，你救活了那么多人，我们每个人给你一口气，你也能活下来呀！

人们对她的逝世，没有任何思想准备，完全猝不及防。事先没有任何征兆，也没有任何预示，而且她是当着众人的面突然倒下的。就像安静恬淡的时刻，突然发生了八级地震，人们一片惊慌。就如同正悠闲自在地走在路上，突然被木棒击打，一时不知所措。

当天下午2点20分，县医院会议室正在召开优秀职工表彰预备会，作为院长的李秋实正在讲话。她刚刚说完六个字："我们……要……讲……奉献。"说这句话时，气力已经不足，仿佛是叮嘱，也仿佛是在喃喃自语，仿佛是地下汩汩冒出的泉水，也仿佛是天上袅袅飘来的仙乐。说完，就瘫软在了医院会议室的桌边。

这里毕竟是医院，人们从惊骇中缓过神儿来，在场参加会议的人们急忙把她连人带椅子抬到就近的总值班室进行抢救。

从四楼走廊到一楼药房，再到器械室，到处站满了医护人员。所需药品和器械在他们手上飞快地传递着，急促的脚步声不停地响起。

"临时抢救室"里，医护人员分秒必争地全力抢救。走廊里的人群静得仿佛凝固了。这时，地上如果掉根针人们也会听到。

人们在心里祈祷：秋实，醒来！秋实，醒来！

顷刻间，医生、护士、麻醉师忙碌异常，走廊里的其他医护人员谁也不肯离开，他们静静地等待，期待为她做点什么。

电动除颤，无效！气管插管，也无效！心脏挤压，还无效！电话打到了省人民医院，与专家、教授进行电话会诊。"手动挤压心脏！"总值班室里，业务副院长当上了总指挥，省人民医院邓重信教授电话指导，决定对李秋实做开胸手术。

同仁们打开了李秋实的胸腔，对心脏进行手动挤压刺激。半个小时过去了，抢救没有一点儿效果，心电图监测结果竟是心室颤动。这是医生最忌讳听到的结果。这时，室内、走廊里所有在场的人都失声痛哭，悲切地呼喊："李院长，你不能走，医院离不开你呀！""李院长，你醒醒，睁开眼睛看看我们啊！""好人啊，回来吧，我们愿意每人给你一口气！"……

李秋实倒下的10分钟之后，县里的领导们来了，患者们来了，不知名的群众来了。从一楼到四楼，走廊里挤满了人。他们密切关注着李秋实的安危，期待在她身上能出现奇迹，像往日一样重新站在大家的面前。

医生们知道，出现心室颤动，要想抢救就十分困难了，何况她平时心脏基础就不好，室性心律已历多年。但他们决心要在自己的院长身上创造奇迹：哪怕有百分之一的希望也要做百分之百的努力！

抢救，紧张有序地进行着，心电图监护一刻也没有停止，连续地描记着李秋实一分一秒的心电变化。走廊里，时刻有人在疾跑，每到一处，人们便自动闪开一条通道，一盒药品、一件器械像接力棒一样在人们手中迅速传递。人们多么希望李秋实的生命能在他们手中延续……

一个小时过去了，李秋实的心脏终于在外科医生的直接按摩下恢复了正常窦性心律。李秋实的眼睛艰难地睁了两下，脸上的肌肉动了动，像要说什么，但却没有发出声音。

一分钟，两分钟……李秋实缓缓睁开了眼睛。

"李院长醒了！"

这句话一传出，室内和走廊里立刻响起一片掌声。

这掌声，响了一会儿，似乎是只要掌声不停，她的心脏就不会停止跳动一样。然而，这掌声并没有持续多久。也许5分钟，也许6分钟……李秋实瞬间恢复正常的心脏又进入室颤状态，随即，心跳平静了下来。五六分钟后致命的室性心律，使这颗跳动了52年却劳累得相当于80多年的心脏停止了跳动。

就这样，人们渴盼的奇迹一闪即逝了。

在场的所有人都不敢相信这晴天霹雳般的噩耗，一时间，走廊里哭声一片。人们绝望的泪水回应着天地间呼啸的寒风。

天使从天上来，在人间待了52年，又回到了天上。

◎悲莫悲兮生别离

李秋实走了。

县医院职工连夜搭起灵棚，医护人员穿着单薄的白大褂，冒着严寒静静地守护在李秋实身旁。深冬的夜晚，北风刺骨，守灵的人不穿棉大衣，他们坚定地认为，只有这圣洁的白色，才能表达对李秋实的怀念与敬仰。

李秋实仿佛睡着了一般，安卧在鲜花翠柏之中。人们动情地说："李院长，您太累了，为了医院、为了患者，多少年没睡一个好觉，现在您可以好好地歇息了。"人们自发地编组，轮流守在她的灵前，低低地念叨着："秋实啊，让我们再陪陪你吧。"灵棚两旁高悬着挽联："鞠躬尽瘁为人民无愧万众楷模，呕心沥血干事业甘当人民公仆。"

噩耗传遍了桓仁城乡。偌大的桓仁县城一下子变成了一座哭城。

成千上万的人自发赶来为李秋实送行，十里八乡，哀声四起，许多农民翻山越岭，有的前一天晚上就到了县城，只为能看上秋实最后一眼。

12月31日，李秋实追悼大会在县医院后院举行。光荣院的老人互相搀扶着，来看看他们的"闺女"；个体户小伙子关了店门，来悼念这位好人。她生前做的最后一例手术的患者，流着泪要家人把他背到现场，让他再看一眼即将永远离去的李院长；县城里一批批的出租车主放弃了生意来为她送行；四河乡一位不认识她的张姓老汉连夜搭车赶到县城，说要亲眼看看这位好医生是啥模样……

相识的不相识的人们在她灵前放声恸哭，怎么拉也拉不起来。

一位走不动路的老大爷，站在寒风中朝李秋实停灵的方向默默鞠躬……

到现场采访的县报记者马贵明冒着寒风，不停地按动快门，记录下那一个个让人落泪的场面，姜忠平、肖连伟两位记者一边记录一边泪流不止。

古人说："礼失求诸野。"初读时略知其意，看到一个远去的英灵受到这么多人的追怀，这句文绉绉的话，立刻有了绝佳生动的注释。

群众的心，百姓的泪，幻化成无际的花的海洋，那汹涌的情感波澜，拍打着人们难尽的哀思。6000多名群众胸佩素洁的白花，和李秋实依依惜别。

灵车缓缓启动的瞬间，无数只手从人群中伸出，祈盼能抓住这留不住的灵车，挽留住这躺在车里的人，好像这样她就能重回人间……

长街之上，万人伫立，灵车虽然缓缓而行，却碾痛了人们的心……

北风呼啸的路旁，人们弯下了腰，挽留这个高贵无比的生命。

哀乐低回，人们弯下自己的双膝，这只跪父母和祖坟的双膝。跪向这遽然归去的天使 ……

车队像一条河
缓缓地流在深冬的风里

　　漫漫的冬天啊，你是否因为中华民族痛失一位优秀的女儿而悲痛？不然，那皑皑的白雪何以覆盖了浑江两岸，那肆虐的北风何以在桓仁3547平方公里的每个角落里哀号？

　　秋实走了。她倒下的时候，正在开会的县五大班子领导放下工作，立即赶到医院，指示要不惜一切代价抢救秋实。一部分专家已乘车在赶赴桓仁的路上。然而，这一切都没能留住秋实匆忙的脚步。在外地出差的县委领导闻此噩耗泣不成声，一夜无眠；一位80多岁的老农哭昏在地；市场里正在卖菜的小贩大放悲声，如丧父母。成千上万的人们用心灵呼喊：秋实，你别走！可是秋实走了，她真的走了。

　　灵车起处，素花如雪，哭声如潮，人们挥动双手，一遍遍叮嘱着："秋实啊，你走好！"而遗像上的秋实，虽然还像以往那样露着两颊纯朴的笑意，却再也不能对人们有求必应了。一位悲伤过度的老人对秋实的爱人王志成说，秋实出殡那天，天上有一片祥云，形同凤凰，秋实是变成凤凰飞走了。志成握住老人枯瘦如柴的双手，无语凝噎，他何尝不希望妻子能像以往出差一样，再风尘仆仆地回到他的身边，她毕竟才只有52岁啊。

　　著名作家雷达感叹道，在这市场化、商品化的时代，物质的分量在加重，生命的分量在变轻，生生死死本系大事，现在也变得轻渺多了。比如，一个突发病人倒在路侧，多数情况恐怕是，一辆辆汽车昂首而过，避之惟恐不及。现在，对重大灾难和命案的报道，人们也大多失去痛觉，或仅引为谈资，即使大人物的逝世，也很难引起哭声，至于一个普通生命的消逝，留驻在人们口头上的时间就更短了。这是哭的功能空前退化的年代，又是嬉笑的功能空前放大的年代。所以，小小一个县城，区区一个乡村医生，一次寻常葬礼，参加者竟达"万人"，且属于"自发"性质，无论如何是件难以想象的事。我感到惊异，惊异于她究竟是何许人物，能在群众中拥有如此之高的威望和感召力？莫非她在千钧一发之际干出了什么惊天动地的壮举？那些日子，桓仁大雪漫天，道路阻断，奇异的是到了李秋实出殡的一刻，大雪骤停，大风突止，一束阳光瀑布似的冲云破雾而出，照临桓仁大地。据目击者说，云隙间还有一片云彩酷似凤凰起舞的模样，使在场者暗暗称奇。我想，这恐怕是人们心象的外化和投射所致吧。

这位千里迢迢专程从北京赶来的作家雷达，把这场葬礼视为一个动人的精神事件。他在刊登在权威刊物《人民文学》的长篇散文《秋实凝香》一文中写道：别看它偶然地发生在辽东的偏远小县，借着李秋实之死而起，其实它的能量早蓄积在今天社会、人心的深层，厚积而薄发，终于冲破物化的冷硬外壳，发出了一声声呼喊，它呼唤的是仁爱，是传统的宝贵的道德情感，是对生命的尊重，尤其是对人的尊重。它同时也在曲折地表达着愤懑，针对商品化的时代普遍的冷漠无情和道德沦丧现象，针对我们文化中仁爱传统逐渐被丢失的现象。我想，李秋实之死引发的波澜离不开时代大背景，这个背景既包括改革开放的向上的时代主潮，也脱离不开信仰危机、道德滑坡、贪污腐败、金钱至上等等消极因素的袭扰。今天，市场法则在向一切领域无情渗透，岂止医者与患者的关系，家庭、父子、夫妻、邻里、朋友、同事、上下级等各种各样复杂的社会关系，哪一个能摆脱市场化的点染呢。不必讳言，物欲的膨胀，正在使人与人的关系趋向紧张化、冷漠化、交易化、枯寂化。但是，人类的仁爱、向善之心不绝，总要寻找它失去了的地盘和对象，因为人类是一种没有爱就很难存活下去的生灵，越是传统相对深厚的地方，这反弹便越发激烈。我能感应到，桓仁的老百姓一直在寻觅一个可以托付他们道德理想和伦常情感的人物，一个可以沟通传统与现实的人物，一个其自律能力足以对抗滚滚物俗的人物。他们找到了，这就是李秋实。其实，这是对一种伦理价值的深情挽留，也是对一种伟大人文传统的回眸。

天使是怎样炼成的

TIANSHISHIZENYANGLIANCHENGDE

◎第一个记住她的司机

刘庆贵在电厂车队上班。1959年秋的一天，他第一次开车执行任务，到草包厂装草包。刘庆贵怀着第一次独立驾车的喜悦，到了草包厂。在调转车头时，汽车却出现了故障。刘庆贵急得只有围着汽车转来转去。

这时，从院外走进一女孩。她背着书包，十二三岁年纪，看见刘庆贵围着车转悠着，便走上前去问道："叔叔，怎么了？把车停在这里干什么？"

"我是来装草包的，不料汽车坏了，小姑娘你知道这附近有修车的吗？"女孩回答："这附近没有修车的。厂里有电话，你可以打电话找人帮你修。"

一句话提醒了刘庆贵。女孩把刘庆贵带到一个房间，屋里的桌子上放着一部大型摇把电话。刘庆贵走到电话机旁，拿起听筒，使劲摇了几圈，一点儿声音也没有。"这电话怎么不好使，打不通呀？"刘庆贵问。

小姑娘说："先把听筒放回电话上，等摇完后再拿起来。"刘庆贵照小女孩的说法，重新摇动了摇把。果然电话里传来了声音，在小女孩的帮助下，刘庆贵找到了修车的人。刘庆贵从小女孩说话中得知，她是住在草包厂的，名字叫李秋实。

一个第一次执行任务的人，在小孩子的帮助下，解决了麻烦。但他想不到，就是这个人长大后，又成了自己女儿的救星。当然这是后话，在以后的叙述中还会提到。在这里就先埋下一个伏笔。

◎在中学同学的记忆中

中学同学孙高虹回忆说，李秋实是我初中时的同班同学。她学习刻苦、关心同学，是我们班的生活委员。记得在上世纪60年代的一个秋天。有一次学校参加县里迎国庆歌咏比赛，每班选5个人参加演出，其中有我一个。我当时坚决不同意参加，李秋实找我谈话说："我是生活委员，你是学习委员，咱们都是班干部。集体活动怎能不参加呢？"我说家远，晚上不敢走。她说她负责接送我回家。看她如此真诚地帮助我，我只好告诉她不能参加演出的真正原因是我家里生活困难。当时八口之家没有正常的工资收入，只靠有病的父亲做零工维持生活，还要供4个孩子上学。我没有一件不带补丁的衣服可以穿着上台演出。她听后流出同情的眼泪，还把她仅有的一条蓝裤子和白上衣借给我参加演出。并且每天陪我到很晚。她是孤儿，住在当时的敬老院，敬老院比我家远，送我回家后她自己走我也不放心，所以每晚下自习练完歌就陪她到敬老院住，直到演出结束。我们成了好朋友。

初中二年时过元宵节。学校没放寒假，想起她是孤儿，母亲就让我去把李秋实接到我家吃元宵。我到敬老院找她，她乐得直拍手，说："正要去找你到敬老院来过节，好给老人出节目，正好你就来了。"孙高虹说我妈让我找你到我家吃饭，她说："今天不行，要吃饭得明天去，今天一定要让老人乐和乐和。"

秋实最爱唱的是《唱支山歌给党听》。她说她五音不全唱不好，咱俩合唱吧。于是她们一齐为老人演唱，秋实唱得既深情又投入，还真就没跑调。她兴奋得满脸通红，说再出节目还咱俩合唱。直到上世纪90年代同学聚会时秋实仍不忘和我齐唱《唱支山歌给党听》这支歌。

邵立姝与李秋实同窗三载，她翻看着与李秋实的合影，陷入了深深的追忆。她们的第一张合影是张一寸的照片，两个十三四岁的女孩，邵立姝穿着小花袄，李秋实穿着格布衫，邵立姝的手轻搭在李秋实的肩上。同样的圆脸，两双天真无邪的眼睛凝视着前方。那是上世纪60年代初的困难时期，邵立姝只有一件格布衫，在邵立姝过生日时，李秋实为了让邵立姝高兴，拿出珍藏的小花袄送给邵立姝穿，李秋实还拿出省下的饭钱，和邵立姝一起去照了张一寸照片。

邵立姝说："我的少年时代，正值国家遭受三年自然灾害困难时期。那时吃饭凭粮票，穿衣凭布票，城镇居民吃粮凭粮本供应。我家姊妹多，每月粮本上供应的粮食总是接不上捻儿，一到月底那几天就得以菜代粮。妈妈总是做一锅便宜的大头菜给她吃。菜里没有油，吃常了总觉得有一股怪味，一看就反胃。"又是一个月底，妈妈做了一锅大头菜。邵立姝一口也没吃，背上书包就上学去了。课堂上邵立姝肚子咕咕叫，也没心思听课。下课时李秋实问："你怎么了，上课不注意听讲？"邵立姝就把家里吃大头菜的事告诉了李秋实，李秋实听后也没说什么。下午放学时，她拉着邵立姝说："走，到我们敬老院去玩玩。"李秋实那时住在敬老院。到了李秋实住的地方，正好食堂开饭，每人一个苞米面饼子。李秋实把她那份塞到邵立姝手里，就跑了出去。以后，一到月底，邵立姝的书桌里总有一块用纸包着的苞米面饼子。

也是在这一年，1962年冬天的一天，李秋实挎着书包和同学邵立姝手拉手地从学校往邵家走去。一个没有家的孩子进了同学的家，感到特别温暖，邵立姝忙让座，妈妈拿来一块苞米面饼子让她吃。不一会儿，邵立姝弟弟从外边跑进了屋，他不转眼珠地看着李秋实身上穿的新蓝布棉大衣和脚上穿的草绿色帆布帮翻毛皮头的棉鞋（民政局发的），然后跑到妈妈身边悄悄说："妈呀，你也给我买一双像李秋实姐姐那样的鞋呗？"妈妈寻思了一会儿，说："你爸下个月开了工资再给你买，等着吧。"有一天下自习课闲谈，邵立姝说起弟弟喜欢她脚上穿的那样的棉鞋。李秋实听了之后就到商店花了5块钱，买了一双棉胶鞋穿上。然后手拎着这双大头鞋去了邵立姝家，她弟弟正坐在炕上写作业，李秋实说："弟弟，穿上这双大头鞋看合适不？"弟弟两手不停地马上穿上了大头鞋，邵立姝赶忙过来说："快把鞋脱了，你怎么能要别人的鞋呢？"李秋实忙说："妹，你说什么，你的弟弟不就是我的弟弟嘛，弟弟喜欢这大头鞋，就让他穿呗。"邵立姝的脸上立刻露出了会心的笑容。弟弟穿着大头鞋蹦蹦跳跳地跑了出去……

还有一次，邵立姝领李秋实到自己家玩。正赶上弟弟书包破了，弟弟哭闹着让妈妈给买新的。妈妈拿不出钱给弟弟买新书包。李秋实就去哄邵立姝的弟弟，一边哄一边把自己的黄色军挎包倒出来，装上了邵立姝弟弟的书。乐得弟弟拉着李秋实的胳膊直喊："李姐，你真好！"

初中二年级放暑假，李秋实回盖县老家祭拜父母，乡亲们送她几个苹果留着路上吃。可李秋实一个也没舍得吃，全送给了邵立姝的奶奶，还说，奶奶，你尝个鲜。

◎ 感动导师的进修生

一个偶然的机会，李秋实从转诊回来的病人那里知道了沈阳中国医科大学附属医院几位医生的名字。虽然素不相识，但对知识的渴求和为患者解除病痛的急切心情，使她大胆地给医大的教授们写信求教，并请求允许她到医大进修。她在信中说，她进修不为晋升，不为涨工资，不为要文凭，就是为了给桓仁家乡的父老乡亲治病。经过多次通信，医大的医务人员被这位未见面的山区医生感动了，破例接收只有中专文化的李秋实到医大进修。这是1973年的事，之前两年组织上送她到本钢总医院进修耳鼻喉科技术，她十分珍惜这难得的深造机会，很少上街，更不用说看电影、逛公园了，就连星期天也从不休息，把所有的时间都花在钻研技术上。进修回来后，县医院成立了以她为主的耳鼻喉科，结束了桓仁地区医院无耳鼻喉科的历史。

到沈阳中国医科大学进修期间，她有时一天24小时不离病房，晚上就睡在病房值班室的更衣室里，为的是能与患者有更多的接触机会，随时总结各种病例。别人照管5张病床，她却照管11张。为了节省时间，她常常只买几个馒头，倒上一杯开水加上点作料，就是一顿"美餐"。

一天，赶上李秋实夜班，留诊一名喉扩张患者，叫孙诗月，大连海港的工人，他已经两顿没有吃饭，也没有家人护理。面对这种情况，李秋实的心里很不安。患者两顿没有吃饭，怎么办？正在着急的时候，李秋实突然想到晚间自己还有夜班饭，就急忙提前把夜班饭打来，送给这个工人患者。患者很高兴，面带笑容，用手比画着，意思是感谢医生。虽然自己没有吃到夜班饭，但她觉得做了一件应该做的事。

在实习时凡是别人嫌麻烦、不愿干的活，她都争抢去做；一般的手术，她主动去做；碰上疑难的手术或病例，她就当助手；即使有时插不上手，她也来到手术室，在旁边观察老大夫做手术。她常常向老师提出这样或那样的问题，一有空闲，就抓紧时间写病志，把看到、听到的及时记录下来，反复琢磨。她的热情、认真和勤奋，博得了医大医务人员的好评。

按规定在医大进修一年以上才有资格参加评先进，而进修只半年的李秋实却被评为优秀进修医生。医大一位老师在于1973年10月15日给李秋实的信中写道：在你的身上，我看到了一个共产党员的朝气蓬勃，你不是用夸夸其谈的说教来教育别人，而是用自己的实际行动感染和鼓舞着别人。在欢送你的会上，我感动得说不出话，在给你写这封信时我又一次流下了热泪。在你先进事迹的影响下，我看到了自己的差距，在今后的工作中，我要以你为榜样，学习你的高贵品质使自己能够进步。"

从医大进修回来，她还是不停地学习技术，训练技能，一有空闲，她就买来小猪崽、小兔子等小动物，练习下气管镜、取异物，功夫不负有心人，李秋实的医疗技术有了很大提高，在医疗技术条件比较差的情况下，能够熟练地掌握耳鼻喉科难度较大的手术。

过了7年，李秋实把孩子放到远在阜新的婆婆那里，开始了她在中国医科大学的第二次进修。此时，她的丈夫也正在沈阳学习，为了把宝贵的时间都用在学习上，两人一两个月都难见上一面，同在一个城市，却过上了"牛郎织女"的生活。李秋实说过："勤学才是永不掉队的途径。"1998年2月，身为县医院院长、年逾50岁的李秋实又第三次到中国医科大学进修。这次进修，她在主修耳鼻喉科的同时，兼修相关专业和医院的管理，尤其注重引进医大的医疗新技术、新项目。鼻出血在山区是个常见病，以前都是采取传统的鼻腔填塞方法治疗处理，进修回来后，从医大引进了"微波治疗鼻出血"新技术。她还从医大引进了扁桃体和悬雍垂切除技术，用于治疗睡眠呼吸暂停综合征。

由于刻苦努力，她成了享誉山城的耳鼻喉科专家。她行医32年无医疗事故。她的医疗科研论文曾多次在省、市专题学术交流会上交流并获得奖励。她参与主编的《常见病中西药临床治疗新法》一书已由辽宁科技出版社出版。

有一次，医大来了一个颈椎高位骨折的患者。考虑到患者的生命安全，医院的职工劝其转院。也许是口气有些生硬，患者家属把原本善意的劝告误当成了"撵我们走"。李秋实赶上了，细致地把事情的缘由说清楚。患者家属说"你看人家李大夫多好！"这件事对医院的触动很大。李惠萍说:"在耳鼻喉科,李秋实是一名学生,但她同时也教会了科室如何加强软环境建设,教会了医护人员怎样面对患者和对待患者。"学习结束,李秋实掌握了像气管切开手术这样的救命本领,并被评为"优秀学生"。

李惠萍说:"这个称号是全科室人员一致公认的,她当之无愧。"1975年李秋实从桓仁给李惠萍打电话,告诉她说自己已成功取出了一位患者气管中的异物。李惠萍听后非常高兴。

第二次学习是在上世纪80年代。来到医大后,李秋实知道了李惠萍还是住院总大夫时,非常高兴。因为"住院总大夫"除了星期天以外,其余时间都得住在医院。这样,李秋实就可以随时向她请教。李秋实就与李惠萍住在一起。为了学习,李秋实早上早早起床,晚上很晚才休息。李惠萍回忆说:"当时,工作一天大家都觉得很累,可秋实却不,她浑身好像有用不完的力量。"

学习结束时,医大一院耳鼻喉科召开会议,40多个人一致认为李秋实是学习的榜样,一定要把李秋实对待学习、对待患者的精神留在科内。

李惠萍说:"第二次学习期间,李秋实介绍来许多桓仁的患者。离开后,她就给我写条子,介绍病人。"李惠萍说:"李秋实写给我的条子,差不多有一抽匣。可惜在耳鼻喉科搬家时,都给扔掉了。"李秋实去世时,李惠萍专程从沈阳赶到桓仁吊唁。

第三次学习是在1998年,李秋实在李惠萍家住了3个月。李惠萍说:"这3个月,几乎每天都有来自桓仁的患者。面对这些患者,李秋实总是说,给他们看好病,尽量让他们少花钱。李惠萍说,用不了三句话,李秋实保证就会把话题转到"桓仁的病人""桓仁的患者"上,时间久了,同仁们都说那是"秋实的病人""秋实的患者"。

在医大进修期间,她身后总跟着一群带桓仁口音的患者,她把这个带进耳鼻喉科,又把那个送进泌尿病房。一口一个"老师"地喊着那些教授,有时干脆借件医大的白大褂,"混"进病房。她戏称自己为"桓仁人在医大的义务导诊员"。在桓仁大市场卖鱼的邱大娘,当年喉咙里长了块息肉,县医院的人告诉她"李院长在医大进修,快去找她"。邱大娘将信将疑地跑到沈阳,果然,她儿子一声"李院长",她的病就在李秋实安排下得到医治。

耳鼻喉科副主任任重教授说："围着病人转这种思想的提出，就是受李秋实的言行的启发的。"任重教授说："那时，大多数人都在白天的班内抽时间写完病志，但李秋实不这样，谁在白天也没看见过李秋实写病志，但她什么也没有耽误。这说明她是利用晚上的时间写的。"

耳鼻喉科主任潘子民教授说："一般的进修生都是有专业的，但李秋实什么都学，不管是护士的工作还是医生的工作：她都学得非常认真。潘子民说："李秋实当了院长后，把耳鼻喉科各项规章制度都复印下来，带回桓仁。她说供她参考。"

三次学习时间加在一起不到三年。这期间，她不但学到很多本领，同时也把端正的学习态度、正确看待患者的心态，务实勤奋的作风留给了她的老师和同仁们。

本溪市中心医院耳鼻喉科主任王展平和李秋实在1998年一起到中国医科大学进修。一入科科里人就告诉他，你们这批进修生真"棒"，刚来了个院长，你这个科主任又到了。一打听，才知道秋实院长已先他一步到了。

见面寒暄了几句，李秋实就把话题扯到了工作上。她认真严肃地对他说："我们俩这么大岁数舍家撇业地出来学习都很不容易，必须珍惜这难得的机会。学好了回去之后，咱俩联起手来共同把本溪桓仁地区的耳鼻喉事业进一步发展起来，我们有这个责任和义务。"尽管王展平当时没说什么，但内心已深深被李秋实的敬业感精神感动。整个学习期间，无论是门诊、病房还是手术室，李院长都是受欢迎的人，科里人对她都很敬重，但她却从来都把自己置于小学生的位置。

桓仁县医院没有纤维喉镜，李秋实很想掌握这门技术，老师们都给她提供机会。她却从喷麻药开始干。这本来是护士的活，她却都包下来。一个上午二三十位患者，每位患者需要喷四五次，年轻护士都感觉很累，但她一点儿都不抱怨，她的观点是只有多做才能有机会多学。

李秋实简朴的生活方式给王展平留下了更难忘的印象。她的饭菜简单是出了名的。医大院里有食堂、小吃铺很是方便，但李秋实却每天早晨自己蒸饭盒，还几次给他拿来大米劝他也这样做。李秋实说这样可以省钱，再则家乡桓仁的米有特殊的味道。有一段时间王展平注意到李秋实好像无"家"可归一样，中午或晚上总是在科里忙活。就问李秋实住在哪个宿舍，李秋实没告诉他。后来他才知道，李秋实为了给县医院节省开支，竟住在医大耳鼻喉科门诊工作人员休息室。这样她就必须在早晨7点之前把休息室打扫干净，晚上别人都离开科里之后她才能回去休息，再晚一点有什么急事也不能出去了，因为大门已经上锁，而中午午休则必须打游击。她说正好利用午休时间帮家乡来医大就诊的病人忙活忙活。

王展平和李秋实最后一次见面是1999年初。她作为人大代表来市里开"人代会"，休息时来到耳鼻喉科说是看看大家。接近中午时，王展平恳求她接受邀请，一起吃一顿便饭。她说这次就免了，以后会有机会，会上已经安排了午饭，可以借此机会同代表们多聊聊。王展平把她送到楼外，谁承想这一声"再见"竟是永别。

◎批评表扬自己的人

一个风雨交加的夜晚，拐磨子民兵连同时有几名民兵病倒了。当时是1970年早春，桓仁县17个公社的两千多名民工以民兵连的组织形式，集结在本溪县境内开凿一条代号为"07020工程"的国防公路。那个年代，施工和食宿条件极为艰苦。民兵连文书富德生，是连部几个人中唯一的战士和年轻人。他奉命去团卫生所请医生。他摸黑冒雨翻过大山，走了一个多小时才来到团卫生所。

当他把情况向在场的两女一男三位医生说明之后，他们都显得很着急，但望望窗外的风雨夜，不禁都面面相觑，犹豫了半分钟。最后，一位身材纤细、面色微黑的青年女医生说："救人要紧，我去！"说完便抓起出诊包随富德生冲进雨夜。

当时拐磨子民兵连共有男女民工200多人，分别住宿在两条山沟的4座工棚和几十户老乡家中。当富德生带着女医生逐个处置完所有的病号时，已是次日凌晨3点多钟了。把女医生带回连部，富德生歉意地对她说："大夫同志，真对不起你了，让你劳累了一夜还不知你叫什么名字呢。你先在我们连部休息一会儿，等天亮了吃过早饭再回团部吧。"

医生笑笑说："我叫李秋实，救死扶伤是我们医务工作者的责任，苦点儿、累点儿是应该的，跟我们不必说那些客套话。"她看了看自己沾满泥水的胶鞋和湿透的衣服，说："我还是回团部去换了衣服再休息吧。现在雨停了，天也快亮了，我自己敢走，就不用你送了。"

此后，李秋实大夫每隔两三天就到他们连驻地或工地巡诊一次。她起早贪黑，风雨无阻。民工们都很喜欢她。喊她"李大姐"，老师傅们则称她为"铁姑娘大夫"。

五一国际劳动节，全团工地都放假休息。李秋实又背着出诊包来到他们连驻地。看完几位病号后，几名男女青年民工请李秋实一起到太子河边玩。路上，大家谈笑风生，很是融洽，富德生对李秋实说："李大夫，你这名字起得很好，很有点文学味道，如果你再找一个名叫春华的男朋友做伴侣，那就真是珠联璧合了。"

李秋实脸一红，淡淡一笑说："靠男朋友的名字去凑合的珠联璧合，那是形式主义。人生一世，青少年时代就是春季，我们只要在青少年时代努力学习，掌握更多的为人民服务的本领，为党和人民勤奋工作一生，我相信会实现人生的真正的春华秋实的。"

连队的同志们一致赞扬李秋实同志，说她不怕苦、不怕累，坚持深入工地第一线，为广大民工医伤治病，这样的事迹，促使抽到团部搞宣传的富德生写了一篇表扬稿发表在《工程简报》上。

李秋实读过那篇报道后，非但没有兴奋，反而有些心情沉重，她看到富德生时说："文书，你那篇稿子写得片面了。我们团部卫生所只有这么四五名医护人员，人手本来不多，下工地巡诊和在团部坐诊都是为民工服务，都需要有人干，你强调下工地巡诊的医生苦和累，就否定了坐诊医生的辛苦工作，不利于团结啊！"

国防工程不到10个月就结束了。李秋实以优异成绩获得市、县工程指挥部的嘉奖。临别，李秋实把一支工艺书法笔送给富德生，说："文书，你是一位有一定写作基础的人，希望你加强锻炼和学习，为党和人民写出更多更好的文章来。"

◎为一对木箱谋划

现在，几乎没有人自己打家具准备结婚用了，如果需要，到家具市场，什么样的箱柜都有。可在20世纪70年代初那个物质极度匮乏的时代，人们所用的一切几乎都要凭票供应。现在说起这些，没有经历过的人以为是天方夜谭或者说无中生有。却有许多人还匪夷所思地怀念起那个年代，真该让他们尝一尝买豆腐凭票、买布凭票、买糖凭票，甚至买土豆、茄子都要凭票的滋味。秋天为了买白菜，一家老小半夜三更地排队，只为了买那点限量的秋菜。人们天天忙着开批斗会、学习"最高指示"，没有几个人敢干正事，干正事的人说不定什么时候就会一顶帽子从天而降，叫你哭笑不得，生不如死。

那时，桓仁的木箱居然成了抢手货，现在，几乎没有谁家再摆这样的家具，那个时候，居然要托人购买。沈阳医大的潘老师就在1973年委托李秋实代买一对箱子。李秋实是一个知恩图报的人，也是一个有求必应的人。对于有恩于她的老师求助的事她当然不敢怠慢，马上就为老师买了一对儿。

可花钱她不怕，但花钱以后的事她却为难了，箱子买来了却没办法运出去。那个奇怪的年代尽出一些奇怪的事情，在桓仁如果要往出拉箱子，要开木料运出证明。这个证明相当于一个孩子的出生证，没有它，你就是生下来了，也是黑孩儿，不能入托、不能上学、没有口粮。

这对箱子的运输证明，让她为难了一年之久。正常渠道不好办，作为她来讲，也不愿走后门。当时，开个证明求人也被视为不正之风，循规蹈矩的李秋实无论如何不会搞不正之风。一对箱子买了一年，也放了一年，这几乎成了她的心病。

凑巧的是，有一位麻主任把自己的一对箱子运到沈阳，派不上用场，又不能再往桓仁运。李秋实与麻主任的爱人孙老师相熟，她就跟麻主任的爱人孙老师说了自己的苦衷。她对孙老师说，我这对运不出去，你们那对也不能再往回运，咱们就明码实价交换一下吧？麻主任和孙老师一听，这是两全其美的好事，都很同意，这样才了了李秋实的心病。

在1975年元旦那天，她专门写了一封信给潘老师，告诉潘老师："孙老师这对箱子很漂亮，是他们在乡下精心定做的。所以，我想你们一定会很可心的。我觉得只要你们能用上桓仁山区木材所打制的箱子，并作为纪念，我也就心情舒畅了。"

同时，她写信告诉潘老师，给孙老师写的信和此信是同时邮走的。希望您见信后，去孙老师母亲家里取箱子。

◎在死婴前祷告

虽然当了医生，可技术还要一点点儿学，这其中就要有标本供人练手。1990年冬春交替时节的一天，县医院有一具被家属遗弃的死婴。当时李秋实任耳鼻喉科主任，为了提高年轻医生的医疗技术水平，向院部提出申请，要求带领科室同志在这具尸体上进行一些技术操作实习，院部批准了她的请求。

晚6时，耳鼻喉科的同志们聚集在五官科换药室。周颖得知这一消息，为了拓展自己的知识面，也来到了医院。但由于自己不在五官科工作，又与李秋实主任不熟悉，不知人家是否能让自己参加学习。就怀着忐忑不安的心情，轻轻地推开换药室的门，见李秋实衣帽整齐，头戴额镜，正在准备器械。见她进来，笑眯眯地冲着她一边点头，一边说："来了，快进来吧!，顿时，一股暖流涌遍周颖全身，同时也打消了顾虑。

换药室内灯火通明，同志们都在紧张地等待着，室内静得只能听到器械轻轻相碰的声音。一位年轻的医生坐在观察床一端的小凳上，调整着床上小尸体的体位，同时选择自己操作的最佳位置。以前只听说过李秋实医生为了掌握耳鼻喉的手术技术，曾在引产死胎上做解剖，有时独自练到深夜，可周颖身临其境却难以控制住紧张、胆怯，觉得头皮阵阵发紧。突然耳畔传来低语声："孩子，对不起了，让你受苦了，为了我们年轻医生尽快成长，为了不使更多的小生命过早地走上你的路，只好委屈你了，请你原谅我们吧。别怪我们心狠，好吗?"循声望去，看到李秋实主任站在床边轻轻地拍着小尸体，同时真切地念叨着。

接着，看到他们将要做异物取出的操作，周颖向他们身边蹭过去。李秋实主任哈着腰，为年轻医生做助手，并耐心地指导着挑喉、下气管镜；又把准备好的花生米、芸豆粒等异物依次放进气管、支气管内，再依次取出来，经过反复演练，直到年轻医生们操作娴熟为止。此时周颖说："如果我们用这种方法为窒息患儿吸痰，一定要比普通吸痰法科学、效果好吧!"李秋实主任对她说："对呀！不过在小儿身上做这样的操作，不但要技术熟练，而且要特别小心、谨慎、细致入微才行。"

过了一段时间，李秋实主任善解人意地告诉周颖："你自己想在哪方面进行操作练习，就自己去做吧!"。周颖有些不好意思，但又一想，这样的机会实在难得，应借此机会对小儿静脉穿刺进行练习。周颖走到床边，习惯地拉出一只小手，但小手是苍白的，根本看不出静脉血管网的走向，用手摸也感觉不到静脉的位置。找来找去，她最后选择了右踝关节处的静脉位置，用正常的方法扎上止血带，可血液已经凝滞，把针头刺入血管内，也见不到回血。为了探究该处静脉血管的走向、粗细以及深浅度，在李秋实主任的帮助下，周颖做了一个2厘米长的切口，分离出浅蓝色条索状静脉血针。周颖观察到这条静脉血管就在薄薄的皮下，管壁较厚，活动度也较大，只有用较小的角度快速进针，才能保证静脉穿刺成功。就这样，周颖在直视静脉的条件下，仔细地体会着穿刺时针头的方向、所用的力度等，直到掌握了该部位血管的特点后，才满意地把切口认真地缝合、包扎好。

为了把取气管异物这项技术练好，李秋实拿来输液用的胶皮管放进异物，反复夹取；买来小猪、小兔等动物练习下气管镜、取异物等；她多次向计划生育主管部门要来引产死婴，进行耳鼻喉科的手术练习。经常为一个手术的细节而认真研究、反复演练，有时直到深夜。在昏暗的灯光下，面对冰凉、苍白的小尸体，刚开始她也感到恐惧胆怯，但出于对技术精益求精的追求和高度的责任感，她勇敢地探索着。

她曾为一名仅8个月患急性喉炎合并喉梗阻的患儿做气管切开手术，术前她曾在患儿身边陪伴了18天，看到患儿保守治疗完全无效，便把唯一的希望寄托在气管切开以解决呼吸问题上，但孩子呼吸困难时间长、体质弱、气管细，手术难度相当大。李秋实在考验面前不低头，以病人利益为重，手术非常成功，使患儿获得新生。

1985年6月，秋实医生为11岁的姜志红取出左侧支气管中掉进的1厘米长、0.8厘米宽、0.5厘米厚的木块。正是这个小志红，10年前李秋实曾为她做过一次气管异物取出手术，当时她从仅有8个月的小志红气管中取出了小瓣黄豆。在一个孩子身上能够成功进行两次气管异物取出手术，特别是在条件比较简陋的县级医院做这样的手术，在省内也是不多见的。

李秋实行医32年，成功地抢救气管异物、喉梗阻等危重患者50多例，无一例差错事故发生。她保留下来22个气管异物的标本瓶，业务笔记记了厚厚的7大本，她也由一名普通的中专生成长为耳鼻喉专业的副主任医师，成为县医院耳鼻喉科的技术权威。她的"鼓室成形术"被县政府评为1987年科技成果二等奖；她撰写的《52例眩晕病人临床总结》《3例耳源性小脑肿病例分析》等9篇论文在省、市专题学术会上交流。其中，《343例聋哑调查》《气管支气管异物44病例分析》先后被市医药学会评为1984年度和1990年度优秀论文三等奖。1995年，她参加主编了《常见病中西药临床治疗新法》一书，由辽宁科技出版社出版；1997年，她被选为辽宁省卫生工作者协会首届县（市）医院协作委员会委员，还被授予"本溪市第二届自然科学学术带头人"称号。

在李秋实办公桌抽屉里保存着她从患者气管里取出的异物制成的标本，有花生米、黄豆粒、芸豆粒、玉米粒、钢笔帽、木屑等，每一个标本都有一个惊心动魄的故事，默默地见证着李秋实医生精湛的医术。

◎心系小村20年

李秋实曾担任过县卫生局副局长，那时组织支农工作，她带队在小荒沟村待了一年多。农民起早她起早，农民夜战她也夜战，休息时给村民看病，每家每户都留下了她忙碌的身影。那年夏天发大水，李秋实带领工作队的同志和下乡知识青年一起，跳进齐腰深的洪水中排成人墙，堵住了一个个缺口，保住了好几家的房屋。

从那时起的20多年里，李秋实就把小荒沟村当成了自己的第二故乡，小荒沟人的贫病疾苦也一直挂在了她的心上。

李秋实到小荒沟那年，村民左振艳只有19岁。那时她只知道这个县里来的大夫不嫌农村人家穷、埋汰，除了看病治病，还常接济别人，村里不少人都借过她的"光"。她没想到，10多年以后，她自己也在李大夫那儿借了一把"光"。那年，左振艳丈夫耳后生了一个小瘤，到县医院耳鼻喉科看病。李秋实告诉她们，这是血管瘤，县医院还没有治疗能力，得上沈阳做。左振艳夫妻俩一合计，这么个小瘤也不碍事，回去得了。没想到事隔两年后，左振艳收到李秋实写来的一封信，说医大来了个教授，让她们赶紧到县医院去。这么点儿小事，过了两年，李秋实居然还记着，左振艳说不出心里是个啥滋味。

这样的事儿，用小荒沟村人的话说，那是"三天三宿也唠不完"。马德林家丈夫瞎、妻子哑，村里的人谁都不爱去他家，李秋实走进这个脏得不像样子的家，给他们送去衣服、鞋袜，另外还总是资助他们，而那时，她的工资也不过就30多元。吕凤春、刘洪琴夫妇俩有3个患癫痫病的孩子。李秋实在村里的时候就常给钱、给药。后来李秋实回县里了，孩子有事这两口子想到的还是李秋实。80块钱一小瓶的药，都是李秋实给垫的钱，床费、诊费也是李秋实一手"包办"。平时村里有谁到县医院，李秋实遇上了总得问一声："老吕家那3个孩子怎么样了？"孩子虽然都不在了，可吕凤春夫妇俩忘不了秋实的恩情：没有秋实，孩子生命维持不了那么长时间。

李秋实在小荒沟村的时候，村里的事儿都被她当成自己的事。修梯田、种稻子，她都干在头里。纪凤艳大嫂保存着一双高筒水靴，就是当年秋实插秧时穿的。李秋实临走时把靴子留下来，纪大嫂把它当个念想儿，穿破了也没舍得扔，没想到如今这双水靴竟成了李秋实的遗物。还有一年发大水，李秋实带领工作队同志和乡亲们一起，蹚着齐腰深的冷水排成人墙，保住了好几户村民的房子。

后来，村里一个叫曲亚男的孩子到县医院看病，没了钱，李秋实知道以后，掏出200元钱，往她母亲手里一塞："快，救命要紧！"

20多年，村里人欠李秋实情的人越来越多，能回报李秋实的也只有对她无尽的思念。张淑梅的儿子胃出血是秋实给安排住院，觉得过意不去，张大嫂拎了一篮子自家鸡鸭下的蛋送去，不承想把秋实惹火了："不拿回去我就把它摔碎啊！"没办法，怎么拿去的又怎么拿了回来。

◎为何放跑公鸡

一般情况下，水灾过后流行病就会随之而来，这里也不例外。1995年7月31日，五里甸子镇遭受了百年不遇的洪水。庄稼泡在水里，有些房子也垮掉了，那真叫一片狼藉。流行病像小偷一样偷偷潜入了乡里。本来庄稼倒掉、房屋冲毁就够让人闹心了，再加上流行病困扰，真称得上是祸不单行了。听到这样的消息，8月3日，身为院长的李秋实带领医疗队来到五里甸子镇，在听取了情况后，李秋实一行4人没顾上休息，便直奔洪水重灾区——头道河子村，给患者治病。

到了头道河子村后，李秋实直奔该村医疗站，对满屋子的患者逐个耐心地检查、诊视。忙忙碌碌了近一个上午，她们也没有休息。看着不时用毛巾擦汗的李秋实，有人感到过意不去便劝她歇一会儿。李院长笑着说："没有事，我也是农民的女儿，为农民做点事是应该的，你们的病好了，就是我们最大的快乐，休息不休息没关系。"于是，她又继续热情地接待一个个患者。

村里的人是最知道感恩的，人家大老远来给咱们看病，咱们再受灾也不能让人觉得咱们没礼节。接近中午，村里为了对李秋实一行4人医疗队来村义诊表示感谢，安排食堂买了一只本地公鸡，准备给他们吃。可谁也想不到，等吃午饭时，村领导发现餐桌上根本没有他们原先安排好的鸡、鱼、肉。村领导生气了："李院长第一次来我村，而且带医疗队风尘仆仆地忙忙碌碌了一个上午，对我们村人如此关怀，这样的饭菜怎么行呢?"说着便奔向伙房要重新安排饭菜。李秋实站起来阻拦道:"鸡是我放跑的,鱼、肉也是我没让她们做。抗洪救灾是我们应尽的义务,我们到灾区不能讲吃喝。况且我从小就是孤儿,是党和人民把我养大,培养成人,任何时候都不能忘掉人民,去搞特殊。"就这样,她们简简单单地吃了一顿饭。

她能这样做绝不是一时心血来潮,而是有历史渊源的。1978年11月,她参加省里组织的卫生工作检查团,来到台安县达牛公社。这次活动被称为"拉练",出发之前省里要求到各地不要喝酒,不要大吃大喝。可李秋实下了几个大队,就发现了问题,本来生产大队并不是很富,可见有人来,却非做几个菜不可,不仅是客人吃,还有一帮人借着机会跟着大吃一顿。李秋实对这一点怎么也看不惯,觉得上面有要求,就应该按要求办。但是多数人都认为这是正常的,泰然处之,没觉得这有什么不妥。

在这里吃饭按规定应该自己拿粮票和钱。可吃完饭这些人好像根本不知道这个规定,不拿钱也不交粮票,觉得"不吃白不吃"。李秋实觉得这不对,要离开生产队时,她坚持给粮票和钱,对方坚决不收。客气了半天,在她的强烈坚持下,收下了一点粮票和钱。见他们收下了粮票和钱,她好像得到了一点安慰,但心里总还是感觉不安。不安的是"不吃白不吃"的现象还是这么严重,很多人都习以为常了。

◎天使的两次奇遇

奇人身上总有一些不寻常的地方。李秋实虽然不是奇人,但她的两次遭遇却不能不让人称奇。1979年7月12日,李秋实从六河往县城走,她骑着一辆自行车。路上有个人扛着一捆柴火。李秋实要躲他,可就像大多数骑车的人遇到的情况一样,越想躲越躲不开。一不小心,车把碰到了一根伸出挺长的柴火,她感觉只是轻轻刮了一下,可那个人就像弱不禁风似的,一下子就趴下了,那捆柴火一下子压在那个人身上。

李秋实也没顾扶车,赶忙上前把压在那人身上的柴火拿下来,扶起了趴在地上的人。她看了一下跌倒的人，这一看可吓坏了，这个人须发皆白，一看就上岁数了。再一看老人额头破了皮。李秋实赶忙把他送到医院。一问老人年龄，李秋实好悬没晕倒——95岁。

这么高龄的老年人，万一有个三长两短，怎么向人家家属交代，良心上也会过不去。幸好，老人除头皮外伤没有其他伤，她心里的一块石头才落在地上。这位老人很有修养，李秋实把他送到医院，他一直说自己没有事。这位大爷的家属也非常通情达理，一看没有大伤，就让李秋实走了。

医院党总支和同志们听说这件事，都非常关心，同志们提出这是公出，碰了人，药费应由公家报销。李秋实说，虽是公出，如果是一般同志，组织这样做是对的。我是一个头头，这是精神不集中造成的，我应受到惩罚。不能让组织花钱，于是，她自己拿了全部医药费。

李秋实还有一次奇遇。

一个深夜，李秋实从医院往家走，深秋时节，让人感到有点发冷，李秋实迈着她特有的快步，走在路上也不耽误她思考问题。她完全沉浸在自己的思考里，根本想不到会出现什么麻烦。

想不到的一幕出现了。她正走着，从一棵树后冲出一个人来，那个人手持寒光闪闪的匕首，声音不高却很有恫吓力，"站住！把钱交出来。"李秋实一下子停住了脚步，去看拦住他的那个人。那个人听声音是当地人，而且也没有立刻动手的意思。面对泛着寒光的尖刀，李秋实稳住了神，沉着地说："我是医生。我们当医生的每天都要去救治病人，连医生都不放过的人，能对得起谁呢？你能保证自己的家人永远不生病吗？"李秋实以一身凛然不可侵犯的正气镇住了那个人，那个人后退了。李秋实抓住时机，放松语气，平和地说："我理解你的贫困，但不能因贫困而违法啊！你一个大男人完全可以凭力气养活自己和家人，这样的事以后千万别再干了，快回家吧，省得家里不放心。"

听到这里，那个人沉默良久，转身消失在茫茫夜色中。

天使在哪里长大

TIANSHIZAINALIZHANGDA

◎光荣院老人为何牛

一天，像往常一样，桓仁县医院内科诊室里人来人往，护士正忙着给患者打针、处置。忽然，响起一阵急促的脚步声，一位年长的脑血栓患者被抬进诊室。人群后边跟着进来一位老大娘，大娘刚一进门，就对旁边人说,："快，快去把李秋实叫来！"

哎，这人也太横了，病还没看就找院长，院长就那么听她的？护士嘴上没说，心里却直犯合计。她没想到的是，刚才还在楼上忙着的院长，真的急匆匆跑到诊室里。

检查、安排床位、挂滴流……李秋实和医生忙了好一阵，直到安顿好了才离去。下班后李秋实又来了，还买了一大堆吃的。有人议论，这老两口莫不是院长的亲戚？大娘一听，非常自豪地说："可不是普通的亲戚，秋实是我们光荣院老人的亲闺女！"

住院时间长了，人们才弄明白，患者是光荣院的王大爷，大娘是他的老伴宗志荣。

光荣院老人为何这么牛，因为县医院院长李秋实在他们那里长大。光在那长大不算，她还把那里当成了自己的家。

1987年春天光荣院里的一位老太太生病住进了县医院。护理她的是现光荣院的院长赵春艳。住院的第二天上午，病室里便出现了一位穿白大褂的女大夫，一进门便问："光荣院的老太太住几床？我来看看她怎么样了。"老太太便告诉护理员赵春艳："小赵，你还不认识吧？她就是李秋实。是咱们院里长大的。"

看过老人，李秋实拉着小赵的手问长问短。临走，告诉老太太，想吃啥就告诉护理员。老人点点头。第二天，老人告诉小赵想喝苞米粥，赵春艳中午回家，做好饭，端回县医院，发现在老人的床头放着一碟小咸鱼。小赵见后便问老人从哪弄的，老人告诉她是李秋实给拿来的。小赵埋怨老人"你可真是的，人家有多忙，你想吃咸鱼告诉我一声就得了，怎么好麻烦她。"老人反驳道："我看你也挺忙的，反正秋实也不是外人，说什么麻烦呢？"

1989年夏，光荣院里的谢老太太突发脑出血，被送往县医院抢救。在她住院的22天里，李秋实每天都去病房看望，并叮嘱护理员一定要精心护理，定时给老人翻身，以防生褥疮。这谢老太太生活特别清洁，平日里手中总握着小手帕，她的床别人坐完后便用手帕拂来拂去，生怕有什么不洁净的东西沾到那上面。在她治疗期间，李秋实带着水果去看她，她总是拉着李秋实的手不放，把她拉到身边，久久不让李秋实离去。

在光荣院老人们的眼中，李秋实是他们最亲的人，每逢年节院里杀猪时，老人们便会把秋实找来吃新鲜的猪肉血肠，甚至在吃年夜饭时，老人们也希望秋实能和他们在一起。

1997年农历九月十一，院里81岁的老人赵永发吃肉时不慎将假牙咽下去，卡在了喉咙里。情况十分危急，年轻的医生们束手无策，决定让其转院治疗。这时，李秋实从外面回来了，马上赶到老人身边。她让老人张开嘴，隐约瞅到了卡在喉管上的假牙的钩。秋实戴上手套，拿来一根医用的小铁丝钩，慢慢地探进老人喉咙，轻轻地钩住卡在喉管上的假牙的钩，十分小心地试探着拉。1分钟、2分钟、20分钟过去了，4枚假牙被李秋实从老人的喉咙里取了出来。这时的李秋实，已是大汗淋漓。

光荣院里每位老人有什么病，爱吃什么，李秋实都牢记在心。由于工作忙碌，有时便让丈夫和女儿代表自己与老人们团聚。一有时间，便把准备好的礼物让丈夫和女儿送到院内。

李秋实出生在盖县（今盖州市高屯）。1947年10月，她出生时，父母年纪都很大了，在她之前曾生过几个孩子，但都没成活，所以给她取名秋石，希望她像石头一样结实。父亲是鞍山铁矿厂工人，在李秋实4岁那年落入矿井身亡，年迈的母亲带着她和一个从叔叔家过继来的哥哥一起生活。秋实11岁时，母亲也去世了。不久，哥哥调至桓仁水电消防队，秋实随哥哥来到桓仁。寄居的日子毕竟难过，无奈之下，小秋实自己悄悄地跑回盖县老家，本以为有5个叔叔大爷，姥姥家还有这么多亲人，总会有人收留她的，然而她想错了，没人要她，多个人多张嘴，穷啊。上世纪60年代初那个时候，整个国家都在闹饥荒，最缺的就是吃的东西，有的地方吃橡子面，有的地方甚至吃观音土，最后活活腹胀而死。秋实只好又返回桓仁。

她没有家，也没了亲人，在这寒冷而饥饿的冬天，她只能乞丐似的游荡。孤苦伶仃的她，由盖县一路找到桓仁，来投奔一位叔伯哥哥。哥哥尚可，嫂子怎容得下这突然冒出来的"一张嘴"。打骂，虐待，用苦活折磨，不给饭吃……终于，小秋实流落街头了。

她原名李秋石——石头的石：她妈生了好几个孩子，一个都没留住，便给这唯一的女娃起名小石头，希图她命硬如石，好活下来。石又可念成"担"的，顽劣儿童就叫她李秋旦，加之她长得黑，就又被人叫成李黑蛋了。名字的屈辱，曾让小秋实掉泪，可她的屈辱又怎限于名字？有人清楚地记得，1960年严冬，桓仁街头出现过一个叫黑蛋的女孩儿。县民政局一位副局长发现了她，问她怎么回事，她说，我犯错误了。问犯啥错误，答说"能吃"。局长苦笑了，"能吃也叫错误？"正好他手中有点权，便把小秋实安置到光荣院。李秋实终生感激党和政府，同时也不忘这位副局长，视其为改写了她一生命运的人。

她被送到县光荣院，并和有父母的孩子一样背起书包上学了。尤其令秋实不能忘记的是，每逢年节，县里领导都去光荣院慰问，对她问寒问暖，鼓励她好好学习。吃饭的时候，县长还亲自往她碗里夹肉。

1962年，本溪县民政科颁发给她一个《本溪市烈军属优待证》。里面是这样登记的："姓名：李秋实；属别：烈士遗孤；家庭人口：1人；住址：本溪县田师付镇。"当年，她就用这个小红本按月领取生活补贴，上面一笔笔记载着政府每月发给她的救济金额。这个已经皱裂得快散成碎片的小红本本，她纸包纸裹地精心珍藏保存了30多年。

中学毕业，党组织保送李秋实进了本溪卫校。在那里，她得到学校领导、教师和同学们的关爱。有一年春节，她没有回桓仁，学校专门安排一个炊事员为她做饭，一个单身的女教师特意留下来陪她。大年三十儿那天，书记把她找到家里吃饭，教师们也送来各式各样好吃的东西。

她在自己每天都能看到的卷柜上贴着："有益于人，有益于社会。"在秋实的记忆里，党就是她的母亲，人民就是她的亲人，学好知识报答人民的思想在她幼小的心灵里扎下了根。秋实歌唱得不好，可她最爱唱

《唱支山歌给党听》。她戏称自己会唱"印度歌",大家觉得奇怪,没听她唱过印度歌呀。她解释说:印度歌不是印度那个国家的歌,而是印在肚子里的歌,因为这支歌最能表达她的感情,所以叫"印肚歌"。她还把自己的生日改为7月1日。

李秋实是在光荣院里长大的,光荣院的生活影响了李秋实一生的精神生活。一群几乎一无所有的人组成的群体,有种天然的豁达、淡泊、互助精神。此地的光荣院并非一般的养老院或敬老院,而是专门收留残废军人、烈士遗孀或其父母,以及一些有功而无家可归者的地方。大都是些革命功臣、漂泊之人。进了光荣院,小秋实能吃上饭了,再也没气受了,感受到人与人之间相濡以沫的真诚友爱。她与老人们处得尤其好,兴许她从他们身上体验到了未曾体验到的父爱和母爱,而他们则视她为女儿甚或孙女。没人要求她干活儿,她却玩命地干,浑身有股使不完的劲儿,不让她干反而难受。洗头、喂饭、搔痒、端屎端尿、用手接痰,这些活儿她全都干过,她甚至为一个老人导过尿。知情者回忆说,这孩子仁义得出奇,为了救人不知什么叫害羞。

来自沙漠的人渴望甘泉,饥肠辘辘的人梦想饱餐,受够冷遇和侮辱的人,最珍惜爱与被爱,只消一点爱即可使之泪水涟涟。也许童年记忆太惨痛了,也许光荣院的厚爱太暖人了,一冷一热的反差,激起了李秋实强烈的奉献热情和实干精神。她以广义的人民为家园、为父母的,她是吃百家饭、穿百家衣长大的,私有观念和小家庭财产观念都很淡。

施恩的人,并不像农夫,春天播下种子,当年就等待收获,他们只是受善心和良知的驱使做他们认为该做的事情。或许就像小鸟把嘴里的种子随意扔在大地上,至于那种子长成什么样,就无暇顾及了。所以,恩,对于他们绝不是等待别人偿还的债务。

有些人对恩德总是受之无愧,对别人的恩德连个感谢话都没有,甚至忘恩负义恩将仇报。这就导致一些人不相信真情,像精明的商人一样,对别人锱铢必较,现把现摅,导致人际关系日益淡薄。对这些人而言,恩德,就是带有利息的永远也无法偿还的债务。

李秋实不是这样,她真正做到了施恩不念,受恩不忘。

首先得到回报的是光荣院里的退役功臣和烈属老人。

走进光荣院的老人一批又一批，几乎没有哪一位没受过李秋实的照顾。刚进光荣院时的小秋实长得瘦小枯干，可是她像个小天使一样在老人们周围跑来跑去。谁的衣服脱下来，她不管有多脏，抱起来就到河边洗；谁的手头有活计，她不管有多难，一边学一边帮忙做。一位姓罗的老人长年瘫痪在床，经常把大便解在裤子里。李秋实见了，硬是帮老人换下裤子擦净身体，再把裤子上的粪便刷干净，在火上烤干。老人感动得把头蒙在被子里哭，秋实哄他说："俺不是你闺女吗。"

除了光荣院的老人，对其他老人她也能照顾就照顾。

1996年6月初的一天，县里组织人大代表下乡视察工作。李秋实作为人大代表随小组来到八里甸子镇。她心里惦记着刚结成的帮扶对象——川头村的老复员军人田志才，就趁着大伙午间休息的机会，找到民政局的柳局长，请求她陪自己到镇里了解田志才家的情况。

李秋实从镇民政办公室的同志那里了解到，田志才已经70多岁了，参加过抗美援朝战争，曾多次负伤，他的头部还有一小块未取出的弹片，所以经常头痛。十多年前，田志才又患胃病，当时诊断为胃癌，这病折磨了他十多年，平时全靠药来维持。现在，老人与儿子生活在一起，有两个孙子，一家5口生活比较困难。李秋实把这一家装在了心里。

时隔两三天，李秋实带着县医院的几位大夫，专程来看望田志才老人。一进门，李秋实就握着老人的手说："田大爷，我们看您来了，我们是县医院的，来给您看看病。"说着，其他医生将带来的一大包药品，60多件衣物和十余双鞋放在炕上，老人激动地说："谢谢，谢谢你们啦。"李秋实等人在炕沿上稍坐片刻，就开始给老人检查身体。检查完身体，李秋实嘱咐老人说："您老要保护好身体，按时吃药少吃酒，过些天我们还来看您。"这些钱您老先留着用吧。"说着，李秋实递给老人500元钱，这位曾经出生入死铁骨铮铮的老人感动得泪流满面。

一位老人不慎碰破了头，伤口化脓，李秋实知道后，立即前去给老人治疗，天天晚上去给换药，一连半个月，风雨不误，直到老人伤口痊愈。有的老人需要住院治疗，她自己忙不过来，她爱人王志成便成了义务护理员，经常在晚间陪伴护理老人。经王志成护理的老人也不知道有多少，同志们经常打趣王志成说："你又护理'老丈人'来了。"王志成总是连连点头说："是，是，是。"

前两天看到一个消息《妈妈喝牛奶，儿媳竟要钱》，说河南鹤壁浚县王先生的老娘在他家喝了一袋牛奶，媳妇竟然向其索要5块钱。原因是老娘那天应该轮到老三家照顾，媳妇觉得喝她家牛奶得付钱。老三表示，老娘有点老年痴呆，跑到谁家并不是太清楚。当时王先生也在现场但一声不吭。有网友诘问："你喝你妈多少奶？该不该付钱？"也有网友表示，这事在某种程度反映了农村养老的现实状况。如果不是媒体披露，人们也许以为这些都是胡诌八扯。

光荣院里的孩子都像小鸟一样长大了，飞走了。也许只有李秋实把光荣院当成自己的家。每年春节，她都买年货去光荣院和老人们一起包饺子吃年夜饭。平时，她定期回去给老人们检查身体，洗洗涮涮。她每次回去，必把所有老人房间都走到，不管是曾经生活在一起的，还是新来的老人，不分亲疏，一样照顾，她像小时候一样，看见有活挽起袖子就干。发现谁病了，除了诊病，临走时还把药方往兜里一揣，第二天准把药送来，药费当然都是她出的。有一位老人平时总喝酒，秋实一来，他就拿着酒瓶子说，闺女，给我点钱灌酒去。秋实见劝不住，就给他钱，10元20元的，从没拒绝过。当时秋实的工资也不过三十几元钱，自己的钱花光，就向丈夫要。

见到哪位老人患了疑难杂症，她就搬来搞药剂研究的丈夫，让他上山采药，配制好后送给老人。有时老人住院，陪床的人排不开，她就让丈夫去顶。这样的事老人们已数不清有过多少次。秋实去世后的那个春节，她的丈夫和女儿像从前一样，给老人们送来两筐水果、一箱饮料。老人们见到他们就想起秋实，眼泪直流："秋实，我们的好闺女，我们想你呀！"

◎光荣院里的男伙伴

随爷爷到光荣院时，年仅12岁的梁宝贵满脑子只装着玩，根本不懂世事。李秋实也在这时来到光荣院。在光荣院遇到一个小伙伴，从此梁宝贵多了一位关心他的姐姐。院里来了个姐姐，是他最大的喜悦。他总缠着姐姐讲故事，于是白求恩、雷锋的一个个感人故事，便在小宝贵的脑海中留下深刻的印记。

梁宝贵清楚地记得那是1963年，李秋实学习忙，只有节假日才能回"家"。所以，每到节假日临近时，梁宝贵便开始期盼。可是，姐姐回来后却总有忙不完的事。姐姐洗衣服，帮院里干些杂活。懂事的小宝贵心疼姐姐，便经常与姐姐一起干活。姐姐告诉小宝贵："是党和人民养育了咱们。现在能做事了，就该多为院里出力，来回报党和人民。"

梁宝贵长大了，他被分配到县运输公司工会负责宣传工作，起初，梁宝贵对自己没有太大的信心，写出的报道不敢往外投。秋实知道后，鼓励他大胆地写，终于他的第一篇报道在报纸上发表出来。万事开头难，在李秋实的帮助下，梁宝贵成长起来了。为了让梁宝贵有更大的进步，李秋实每次出差总不忘给他买有关写作的书籍。

梁宝贵始终不忘李秋实说过的话："我们是党和人民养育的，党和人民是我们的父母，我们只有加倍努力工作，尽职尽责，永不懈怠，才能不负党和人民的养育之恩。"

他们都是忙人，平时难得聚首，为了让"工作狂"的姐姐好好休息一下，缓解一下绷紧的神经。梁宝贵每年大年初二都邀请李秋实全家来自己家小聚。结果，每次李秋实都怀揣本子，进屋后寒暄几句便坐到写字台前又开始了写写画画。有时甚至拉上梁宝贵，对医院后花园怎么建、院内各工作这样安排是否合理、新年里怎样安排好新工作征求意见。

1998年春节，同往年一样，李秋实全家来到梁宝贵家。这次，家人商量好了，无论如何再也不和让李秋实谈工作问题。做了充分准备的梁宝贵一家人，在李秋实进屋后，没等她掏出小本子，便硬拉她坐到了麻将桌前。13张麻将牌在李秋实的手里，被仨一群俩一伙地分成几部分，占据了半张桌子。在她看来，玩麻将太难了。

1995年夏，李秋实找到梁宝贵，告诉他县医院要建国家二级甲等医院，需要梁宝贵帮助设计、策划。为了减轻姐姐的工作负担，凭借他练就的一手好字和画的好画，梁宝贵顶烈日到医院参与策划、设计，在他帮助下，县医院1996年1月顺利通过二级甲等甲级医院的检查验收。

1996年，梁宝贵再次被请到县医院，这次是为创建"爱婴医院"做宣传牌、指示标等。同年9月，县医院被授予"爱婴医院"称号。

李秋实对梁宝贵的多次帮助，没给过分文报酬，她对梁宝贵说："辛苦点吧，谁叫咱是姐弟了。等我请你吃一顿饭，好好慰劳你。"结果姐姐说请他好好吃一顿，也不过是在医院门前的小吃部里用四菜一汤招待了他。梁宝贵理解姐姐，对姐姐毫无怨言。他说："姐姐把我聘为医院的监督员是对我最大的信任。作为医院的一名荣誉职工，为医院做点事是应该的。"

◎家里又来了三口人

李秋实没有娘家，光荣院就是她的娘家，而且这个娘家她经常回。1976年2月的一个星期天，同往常一样刚进光荣院大门，几位在院子里散步的老人看到李秋实来了，拉着她的手往屋里走，边走边抢着说："咱院里又进来一个人，叫于桂芳。12年前丈夫在部队里抗洪抢险中牺牲，留下两个女儿，由于生活艰难，国家把她们安排进了光荣院。"

听到这，她让老人们领着去见于桂芳。老人们领着李秋实朝于桂芳的房间走去。李秋实推开门，发现两个十来岁的孩子正在地上高兴地玩着，炕沿上坐着一个30多岁的陌生妇女，正在整理衣物。李秋实断定她就是于桂芳，于是上前握着她的手说："欢迎你来，咱家里又多了三口人，今后就是一家人了，有什么困难尽管吱声，千万别客气。"几句话使于桂芳感动得热泪盈眶，深深地点了点头。

自从进了光荣院，于桂芳便和孩子过上了集体生活，一天三顿饭，大人倒可以，可冬梅、冬军两个孩子贪玩，消化得快，总是不到吃饭时就饿了。于桂芳又没有钱给孩子买吃的，两个孩子经常哭着喊饿。李秋实知道后，就时常给孩子买些饼干或是把省下来的零用钱和粮票送给孩子买吃的。"时间长了于桂芳过意不去，就告诉孩子再不准要李姨的东西。孩子很听话，李秋实再送东西，就执意不收。可李秋实心疼孩子，就偷偷把他俩领到自己家里吃或是到小饭店吃。

光荣院里，每年给养员发一套外衣，不发衬衣。李秋实就把自己舍不得用的布票送给于桂芳，让她添置衬衣、衬裤。就这样，李秋实把于桂芳看做亲姐姐，把冬梅、冬军当成自己的孩子。两个孩子上学缺本缺笔李秋实赶上了就给买。一次，李秋实回光荣院，发现冬梅的书包是用毛巾缝成的已经很破旧了，就把自己上学时用过的黄色肩背书包送给小冬梅，这个书包一直陪伴小冬梅读完了中学。

1979年于桂芳被分配到县氧气厂上班。从此，于桂芳领着女儿离开了光荣院。李秋实始终把她们当作自己的亲人，从未间断和她们的联系及对她们的照顾。

于桂芳在氧气厂工作了14年，到1993年厂里效益不好。于桂芳开始卖起了茶蛋。别人有钱可以租个亭子遮风挡雨。可是于桂芳没有钱，只好推个小车在客运站附近卖。那时，李秋实已当上了县医院院长，比以前更忙了，有时连饭都吃不上。但她每次遇到于桂芳都忘不了要关切地唠上几句她们的生活情况，或送点衣物和零用钱。多年来与李秋实结下的亲情，使于桂芳再也离不开她了。为了能常常见到李秋实，她索性到医院门口卖茶蛋。

于桂芳每天早8点出摊，李秋实早已上班进了医院。晚上天黑离开的时候，李秋实还在医院工作。见不到李秋实，于桂芳离开的时候就习惯性地抬头瞅瞅医院四楼的第二个窗口，那是李秋实的办公室。

1999年的冬天，天气特别寒冷。有一天，李秋实看见于桂芳冻得直跺脚，便关切地说："冬梅她妈，今年天太冷，一定要多穿点，千万别冻着，身体要紧。""身体要紧"这句话其实已憋在于桂芳心里，这下可找到了机会。她冲着李秋实大声说："你总让我注意，那你呢？有时饭都不吃，天天工作到那么晚，你是铁打的还是钢铸的，你不要命了？"李秋实只是淡淡地一笑说："我没事。"第二天，于桂芳刚到医院门口，电话亭的老刘就交给她一包衣服，说这是李院长给她的。于桂芳又一次感动地哭了。

◎名记者的感慨

辽宁日报名记者李宏林在一篇文章中写道：在一次采访中，我受到一次深刻的善良教育。那是21世纪的头一年的初春，中共辽宁省委安排我去采写一个典型。采访对象是本溪市下属桓仁县一所医院的院长李秋实，她是个孤儿，她在光荣院长大，是党和老人们把她培养成一名医生。她为了回报恩情，在岗位上为光荣院的老人和众多百姓做了大量的有益的工作，她为许多患者付医疗费，她把自己家里当成招待所和病房，接待一批批家境困难的农民住在家里治病，最后她殉职在工作岗位上。她的去世引起全县人民的悲痛，许多受过她医治的患者赶来给她叩头，呼喊她的名字，称她是大善人。有位妇女得到过李秋实的关照，为了感激李院长，在院长逝世前，她把卖茶蛋的小摊摆在院长办公室的对面，为的是夜里能看到院长办公室的灯火，给李秋实做个伴儿，这是善良回报善良。我得知这个信息后非常感动。第二天我就来到这位妇女的小摊前看望她。李院长已经不在了，这里的生意也不好，但是这位妇女说什么也不离开院长的那个窗口，说："李院长走了我也要在她的办公室前陪伴她。"我感动之余给了这位妇女200元钱，她说什么也不要，在陪同我的县领导的劝说下她才不安地把钱收下。

第二天中午我要回沈阳，这位妇女放下生意来找我，手里捧着热乎乎的10个大茶蛋，说她没有什么好送给我的，她挑选了10个茶蛋让我带回家给孩子们尝尝。我感激地把10个茶蛋收下了。回来的路上我一直思考怎么处理这10个茶蛋。回到家我就给几个儿子打电话，告诉他们都把媳妇、孩子聚到家里来，大家在一起吃顿晚饭。

孩子们到齐后开饭了，桌上几个菜摆好后，我把10个茶蛋放在桌子中央，孩子们感到稀奇，平日聚餐时摆放大菜的地方怎么放上几个煮茶蛋？我把茶蛋分给每人一个，然后郑重地说："今天把你们找来主要是吃我带回来的茶蛋。"孩子们眨巴着眼睛有些不解。我说："这是一位家境贫困的妇女送给我的，她让我给你们尝尝。她为什么送我10个茶蛋呢？

是因为我给了她200元钱，这对我的收入来说，是件极其微不足道的事情，但是她却当作一件大事来思考、对待。你们看，一个个茶蛋多大的个儿，是她特意挑选的。她的这个举动表现出一种美德，就是知恩图报，善对别人。这位妇女给我们送来的实际是一堂道德课，她教我们全家应该怎样做人，怎样对待人。"我特别把目光盯向正在成长中的两个孙子，问："爷爷的话你们听明白了吗?"他们点点头，示意明白了。我和老伴儿每人先拿起一个茶蛋，剥了皮吃了起来。儿孙们也都拿起茶蛋，大家默默无言，怀着一种敬意一起吃起茶蛋来。

四

天使在何方
TIANSHIZAIHEFANG

传说中的天使有三种能力。第一，是飞翔，天使总是在天堂和人间飞翔。第二，天使会入梦，天使可以进入人的梦境带来上帝的旨意，解救人间疾苦，或者预言凶吉。第三，是祝福，可以说天使是祝福的代言人，不管是宗教或者是人间传说，白衣天使都会和诅咒的魔鬼有着鲜明的对比。白衣天使，即是穿白大褂的护士。意思是说：她们纯洁、善良、富有爱心；她们救死扶伤，童叟无欺。她们被比喻为是奉上帝的差遣到人间来治病救人的天使。人们都喜欢把护士比喻为白衣天使。

后来，人们不知是粗心还是什么原因，把穿白大褂的医生也一股脑儿归入天使的行列。后来，有人专门写了一首《"白衣天使"礼赞》。

不知从何时起
"白衣天使"美名已属于你
天使化身南丁格尔
让战场变成了病房
以宽大无涯母爱
创造生命奇迹
拯救受伤心灵
生还成为可能哭泣变成笑容

地裂山崩大地震
熊熊烈火咆哮洪水
在满目疮痍一片惨烈中
总能看到你们娇小的身影
鲜艳艳的红十字
托起倒下的身躯
让生活希望重燃
让生命尊严立地顶天

你们是如花的女人

坚强的母亲

危难时藏起害羞捧起双乳

将细细乳汁给予了

嗷嗷待哺的婴儿

你们诠释了

山一般的境界

海一样的胸怀

有人赞美你们是生命卫士

三分治疗七分护理

病房千万间

哪里不留下你们

青春的足迹

辛勤汗水滋润每一个清晨

赤诚热血

暖透每一个黄昏

在与死神无情较量中

你们用爱为生命延续搭桥

在与疾病痛苦的搏斗中

真情融化患者心中坚冰

你们得到的是有字无字感谢

还是病人惜别时的泪珠晶莹

病人笑在脸上

你们喜在心中

可现实中我们常常听到一些负面的消息。最令我难忘的是我的一位朋友亲属的遭遇。这位朋友亲属发病时40多岁。在2008年的一天突然肚子痛，去省城一家大医院检查，确诊为胆结石胆穿孔。经过手术把胆摘除。治疗14天出院。过些天肚子又痛，马上又把病人送到那里治疗，当时医生把这个病人还当做是胆囊手术的病看待，挺了5天。5天以后病人肚子疼得不行了，脸也开始发黑，不得已又打开了肚子。打开肚子一看，病人的肠子都变黑了，原来是肠梗阻。手术以后，把不好的肠子割下去，好的肠子就剩下了一米（小肠长度可达6.7米，大肠长度则为1.5米。但有解剖学家认为，每个人的肠子的长度都不一样，约为身高的4～5倍）一米的肠子不能维持食物的正常消化，没办法，就接了一根狗肠子。最后肠子都坏了，下了两年外瘘。一个还没有到50岁的男子，就这样被葬送了。

她的诉说让我想起了我儿媳讲述的另一件事情，2013年初，也是省城的一个医院，有一天医护人员整齐列队，迎接一位产妇，从院长到主任再到一般医护人员，一个个如临大敌。看到的人都十分好奇，什么人物，如此兴师动众。后来一打听，原来是某市长的儿媳妇临产。

医院对一个市长的儿媳如此隆重的接待，而且那个市长还不是医院所在市的市长。如果是医院所在市的市长那又该如何礼遇呢？对市长儿媳如此看重，对普通市民的儿媳也会这样看重吗？

我的那位朋友告诉我，医院的医生护士也不都一样。她在本钢总医院磁共振科遇到一位护士，对患者总是微笑着，耐心解释每个问题。有位鼻子得癌的患者，被电疗弄得满脸黢黑，让人目不忍睹，同时行动不便，她就帮着扶到做磁共振的诊室里面。安慰患者积极治疗，说不要怕，保持快乐的心情。那位患者非常激动地说：看到你我感到安心！我这位朋友每次做增强检查都担心血管不好找，非常难打针，这位护士每次都会认真找她的血管，并说，本来你有病就很痛苦难受，我必须一针扎好。护士把她胳膊勒上皮筋，用手不断地拍打和触摸。打造影剂的针头比平常的针头还要粗些，她凭着过硬的技术，凭着对患者的爱心，每次都是一针就给扎好，让人感到温暖，感到她对患者就像对亲人一样。我那位朋友打滴流一般至少得扎两针，遇到这位护士总能一针就解决问题，我朋友看了她的胸牌，她叫赵倩。

这位叫赵倩的护士让我不禁想起了李秋实。

◎被田连元演出的故事

许多人知道田连元是从他上世纪80年代初在辽宁电台播长篇评书《杨家将》开始的，其实早在20世纪60年代他就录制过长篇评书。1973年他从下放地桓仁抽回市歌舞团，就在这年夏季，他听说了一件新鲜事。7月29日上午，雅河乡4岁的朝鲜族小姑娘朴永梅（乳名小金花），玩耍时不慎将一颗芸豆粒吞进了嗓子，卡住了气管，孩子顿时脸色发青，呼吸困难。孩子妈妈情急之中，顾不上穿鞋，抱起孩子就往村卫生所跑。卫生所的医生无能为力，只好去县医院。

这时，孩子爸爸朴龙喜闻讯赶来，他从妻子怀里抱过孩子急匆匆向村头奔，想遇到个车能帮着送到县医院，可那时不像现在，到处是车，甚至车满为患。东张西望，左顾右盼，希望有一台车能马上出现。可是哪有车呀！整条路空荡荡的，除了偶尔看到几只小鸡，根本看不到车的影子。

也算是小孩子命不该绝，就在朴龙喜抱着危在旦夕的孩子，焦急得近乎绝望的时候，一辆车仿佛从天而降，是一辆客车，拉着一车旅客由县城驶来。父亲拦住了客车，司机赶忙停下车，问怎么回事，孩子父亲把孩子的情况对司机讲述一遍。也是凑巧，开车的是有名的劳动模范于开武，他问明了缘由，转身上车与乘客说明了情况，动员乘客下车，立刻掉转车头把孩子送到了县医院。

这天，李秋实刚刚下班不久，听到有急诊，饭也没顾上吃，就火速赶到了医院。

李秋实赶到急诊室时，小金花嘴唇和面部都已青紫，呼吸相当困难。见此情景，李秋实立刻把孩子抱进透视室检查，发现一颗芸豆粒卡在气管上，干瘪的芸豆粒已经开始发胀，呼吸将越来越困难。如果掉到肺里，孩子随时都有死亡的危险。怎么办？

用常规器械根本取不出来，转诊吧，已经来不及了。现在，解救孩子的唯一办法就是做气管切开手术。可是，当时桓仁没有一个人做过此类手术，李秋实也只是在沈阳进修时看到医大的教授做过，自己又一点临床经验也没有，一旦手术失败了怎么办？这要承担多大的风险啊。

时间就是生命。为了抢救孩子，李秋实来不及考虑后果，毅然决定给孩子做气管切开手术。她征得了孩子父母的同意，在费德金、王鼎仁两位大夫的大力帮助下，开始了紧张的手术。手术室里所有的人都屏住呼吸，只能听到传递医疗器械的声音。李秋实脑海中不时闪现着医大教授在手术过程中的每个细节，她严格按程序操作着。时间一分一秒地过去了，李秋实的额头已满是汗珠。经过一阵紧张的忙碌，芸豆粒被顺利取出。

手术成功了，孩子得救了。朴龙喜一把攥住李秋实的手说："太谢谢你了李大夫，我们全家都要好好谢谢你。"

李秋实用高超的医术和过人的胆识，成功地完成了桓仁第一例气管切开手术，填补了县耳鼻喉科专业的又一空白。

田连元听说了李秋实、于开武两人抢救小金花的事迹。将这段故事编成了评书段子《新的采访》，在社会上广为流传。

◎母亲躲开了，她上来了

一个叫赵振新的女患者叙述了这样一件事情，一位叫孙君的记者记下了这件事。她说，我原在雅河乡米仓沟村务农，也不知怎么了，1987年6月份，左耳根鼓起了一个小碗大的包，特别疼，疼得我天天叫唤，成天睡不着觉。因为家太穷，妈妈一直没领我上医院看病，一直挨到7月。妈看我病得实在不行了，不知从哪借了300元钱，领我坐车到县医院治病。在县医院二楼的五官科，李大夫给别人看完病后，亲切地把我让到她身边的凳子上，用仪器给我检查。她心疼地对我妈说："孩子得的是化脓性中耳炎，现在已经恶化了，如果不抓紧医治很容易得脑膜炎，那样就有生命危险了，先住院吧。"妈说："家太穷，住院那么些钱，能不能拿点药回家慢慢治？"她对妈说："你真不可怜孩子，都这样了再不住院怎么行。你先去办理手续，钱不够了再来找我。"

母亲交款回来后，神情沮丧地对大夫说，这点钱，连住院押金都不够，还是借的。家里还有十来张嘴，给她做了手术，家里那些人还不得饿死。不治了，反正是个丫头。我还是带闺女回去吧。李大夫听完妈妈的话二话没说，站起来拉着妈妈的手往出走，办完手续，她问我们吃没吃午饭，妈妈站在地上瞅着热心的李大夫说："我们吃过了。"她看我饥饿的样子，说："你骗我吧！你这都接近中午了，在哪吃的饭呢？你们在这等一下。"说着话，她就匆匆地走了出去，一会儿工夫，她又回来了，端来两碗汤，4个花卷，对我们说，趁热吃吧，就走出了病房，妈妈眼圈红红地指着李大夫的背影问同病房的人，这位大夫姓什么？人家告诉她，她就是县医院有名的好大夫李秋实。妈妈流着泪对我说："记住，别忘了人家，咱住院的钱都是她给垫的。"从那以后，我的心里就刻印上了李秋实三个字。由于当时的医院不具备手术的能力，李大夫就安排我先在医院住下，消炎止痛。

住院后的当天下午，我耳朵后边那个肿起的脓包破了，绿色的脓水顺着脖梗往下滴淌，恶臭难闻，把同病房的人都熏跑了。妈妈拿棉球给我擦，恶臭的脓味熏得人喘不过气来。妈妈实在是受不了了，就把屋里的窗户全部推开，可还是不行。阵阵恶臭让妈妈再也耐不住劲了，她把棉球递给我说，你自己擦吧，也走出了屋子。当时，我眼泪汪汪，看到别人都被熏跑了，心里有说不出的委屈。病长在自己的耳根后边，怎么擦也不得劲。这时，李大夫走了进来，她对我说，别害怕，脓出来了，病就快好了。她拿起棉球，把我的衣领慢慢地扒开一点，一下一下给我慢慢地擦，并耐心陪我唠嗑，把我的注意力引走，一直忙了半个多小时，直到把我脖子上所有的脓都擦干净为止。那时我看着她为我忙活累得挂满汗珠的脸，我眼里一直流淌着感激的泪。从此后，我就亲切地称李秋实为李姨。

在我住院期间，其实除了交住院押金外，我妈已经没有钱拿药了。可是不知怎么的，每天别的病人拿药时，护士也喊我妈去拿药。我妈对护士说："我也没买药，怎么让我拿药呢？"

护士说："你别管了，有人给你付钱，你就好好给女儿治病吧。"后来在我妈的追问下，护士才说，为了给我治病，李姨把工资都掏出来了。

一天我想吃水果，妈妈因没有钱，只给我买了一根黄瓜。李姨知道后，常常给我买水果和小食品吃。妈妈就对李姨说，你为孩子已经花了不少钱了，就别再给她买东西了。李姨说，孩子住院也需要营养。妈妈不让我要李姨的东西。李姨再给我东西时，我就偷着吃。在半个月的住院治疗中，我不知道李姨共为我花了多少钱，李姨能这样对待一个素不相识的患者，你说这人有多好。

当时正是我家里活忙的日子，李姨就让我妈回家干活，由她带着我。后来我的病渐渐好起来了，她还把我带到敬老院，看她和其他阿姨们给老人看病。她常告诉我，做人别光想着自己，多想着点人家，人家有困难也要帮助人家。她还告诉我，她是个孤儿，是在敬老院里长大的，如果没有党和国家她当不了大夫。因此，她要多做一些好事。她说，咱们农村穷，应该多学点知识，可惜你上六年就辍学了。如果你多学点文化该多好，做一个对桓仁有用的人。

半个月后，我的病情稳定了，要回家了。李姨拿来一大包衣裳给我，还特意为我买了一套新衣裳。她对我说，先回家待着，等沈阳的专家来了，我捎信告诉你。后来到了9月份，沈阳专家来了，李姨真的托在县医院工作的柳维刚捎信，让我到医院做手术。我就在李姨的安排下，顺利地做完了手术。手术出来后，李姨到市场买了兜橘子和香蕉让我吃，并对我妈说："要割地了，家里活多，你先回去吧。等闺女病好了，我给她送上车回家。"这次我在医院住了一个多月，李姨除了工作外，天天带着我，所有的饭菜都是她给我做的，有时还把我带到小饭店和她的家里吃饭。记得我头一次到李姨家里去，李姨微笑着问我喜欢吃什么菜。我告诉她最喜欢吃的就是西红柿拌白糖，于是她就给我做西红柿拌白糖。从那以后，我每次去她家她都给我做这道菜。为了照顾好我，她怕我一个人晚上在医院里害怕，就每天都陪我住到半夜。当时李姨的孩子小，我懂得她的小孩也需要母爱，就对李姨说："李姨，你家小妹妹在家也害怕，你还是回去陪小妹妹吧。"李姨搂着我说："小妹妹在家有爸爸呢，我还是陪你吧。"我出院时，李姨又给我买衣服、买水果和车票，她说："回去好好劳动，做个勤劳务实的人，李姨知道了会高兴的。"我默默地看着李姨，眼泪流出来了。我说："李姨，我舍不得离开你。"李姨说："真没出息，你要干的事很多，还能一辈子扯着李姨呀。"我说："李姨，就让我认你做干妈吧。"李姨说："傻闺女，我治过那么多患者，如果都认我干亲，我收得过来吗？"李姨说得对，我知道她这一辈子帮助过数不清的人，她的心正像我娘说的，胜过活菩萨呢。

确实，在我的生活里，李姨不仅在物质和金钱上给了我最大的帮助，挽救了我的生命，更重要的是她在精神上给了我更大的帮助，使我懂得了怎样做人。我虽然学识短浅，但在李姨的引导下，我也尽力做个好人。邻里朋友有什么难事，我知道了都主动去帮忙。1997年我的叔公公唯一的儿子因车祸死了，50多岁的老人无人供养。镇里要把他送到敬老院，老人又不肯。我知道后找李姨商量，准备把他接到我家照顾。李姨听后对我说："你做得对，这正是我希望的。但要好好待人，让老人真正有家的感觉。"我听了李姨的话，把老人接回了家。我结婚后第二年生了一个男孩，李姨知道后对我说："有一个孩子就够了，要那么多干什么？有那么多精力多劳动，勤劳致富，也为社会减轻一份负担。"听了李姨的话，我一直没再要第二胎。2000年1月9日，在李姨去世后的第12天，我到村里领了独生子女证。李姨，我知道，我对你最好的报答就是听你的话，做一个好人。在我和李姨相处的日子里，李姨对我倾注了无限的爱，但我一直不知道怎样才能报答她的恩情。

病好回家后，我日夜思念李姨，想方设法往县城跑，从家到县城需要翻过几座岭，还要过一条江，可我不害怕。我提前几天采下山菜，然后背到城里去，卖完了山菜就去看李姨。有一次，为了省钱，我是走着去的，黄胶鞋走破了，脚上还磨出了大泡，李姨很心疼，给我买了新鞋，还做了一顿可口的饭菜。有时我看李姨太忙，就扒门缝看一眼就走；遇到李姨出去办事，我就站在走廊里等，有时一等就是一天。后来，为了能常看到李姨，我嫁到了县城……李姨是个女人，可她没有一件女人佩戴的首饰。我到市场为李姨花200元钱买了一条18K黄金项链，准备送给她。但我揣着这条项链无数次地去见李姨，都没敢拿出来给她，我知道，凭李姨的为人是无论如何也不会收我的礼物的，而且还会批评我一顿。她只想多给别人一些帮助，却不要别人回报。后来，我家盖了84平方米的新房。我最大的心愿就是在李姨不忙的时候，让她到我家住几天，我好好孝敬她老人家。可是，没想到李姨却不在了。

1999年12月29日，是我一生中最悲痛的日子。那一天，我跪在李姨的灵堂前失声痛哭："李姨呀，怎么这么几天没来看你，你就走了？你就不能等一等，让你救助过的成千上万的患者每人给你一口，让你再活几年吗？李姨，你知道世间有多少像我一样的患者，在为你放声痛哭吗？李姨去世那段日子，我天天到墓地去，跟敬爱的李姨说几句话，为李姨整理散乱的鲜花。人多时，我就退到一边，远远地守望着。

◎在患者与客人中选择

李秋实去世后的第10天，县民用爆破器材公司职工崔华叩响了桓仁县报社记者部的门。她向记者讲述了她与李秋实的一段鲜为人知的故事。

崔华小时候得了中耳炎，因家境贫寒，一直拖到19岁才做手术，使她的耳朵重新获得听力。当时的主治医生就是李秋实。

1999年7月，崔华的顽固性中耳炎又犯了。经李秋实的治疗，仍不见好转。李秋实很着急，决定于9月2日带她到沈阳中国医科大学附属第一医院检查。到了医大，李秋实专门请来医大耳鼻喉科的姜教授为崔华看病。经检查，崔华复发的中耳炎已发展为胆脂瘤，如果不马上手术，将会变成急性脑炎，危及生命。检查完毕，李秋实就领着崔华跑前跑后办理住院手续。当时，医大的病床位已经满了，但护士长得知是李秋实送来的患者，马上把每天120元的房间借给了崔华，第二天又为她们安排好床位。

在崔华住院期间，李秋实多次趁去沈阳开会的机会抽空去看望崔华，并带去水果和糕点。即便是她在患"红眼病"期间，也带病挤时间去看望崔华。

崔华手术后，姜教授告诉她9天后便可以出院了，但是必须每个星期来医大换两次药。这可难坏了崔华，晕车且不说，每一次来回的费用也得120元。这对生活不富裕的崔华来说无疑是雪上加霜。在李秋实的再三请求下，姜教授又破例多留了崔华住院10天，但出院后还得来沈阳换药6次。针对这种情况，李秋实详记姜教授换药的每个环节，并征得姜教授的同意，回去由她给崔华换药。崔华在办理出院手续时发现，本该5000多元的费用，医大只收了3000多元。原来李秋实早把崔华因治病欠债的情况反映给医大领导，医大为崔华免去了一部分治疗费用。

回来后，正赶上国庆节放假，李秋实放弃休息时间通知崔华来医院换药。有一次换药，正赶上省医院来人，中午在招待所吃饭，这种场合院长是应该到场的，可为了给崔华换药，李秋实一直忙到下午一点多钟，也没有去吃饭。

雅河乡一位叫王庆芹的姑娘，患腮腺混合瘤，面部严重水肿，需要手术治疗，可她家境困难，无钱住院治疗，李秋实便热情地把她领到家中，让爱人到单位值班室借宿。李秋实每天无论工作怎么劳累，都按时给她打针换药，并像对待亲妹妹一样，一日三餐地伺候她。在李秋实的精心治疗护理下，仅用7天她的病就痊愈了。临别时，王庆芹不知说啥才好，一步一回头地望着恩人李秋实，泪水扑簌簌地流着。

一位来桓仁执行任务的工人患了扁桃腺炎，住进县医院。李秋实时常从家里拿来面条、大米粥、鸡蛋糕等软食送给这位外乡患者吃。这位工人万万没有想到，在这偏僻山区竟能遇上这样热心的大夫，感动地说："我走南闯北，第一次见到这么好的医生。"

◎一件未织完的绿毛衣

在桓仁，无论走到哪里，都能听到关于李秋实的故事。在机关，在浴池，在商店，甚至在"酒鬼"的口中都能找到关于李秋实的赞语。其中一个故事就是关于一件未织完的绿毛衣。

这是一件未织完的绿毛衣，县医院普通职工曲翠兰一边抚摸着它，一边失声痛哭。向人讲了这样一件事：1995年5月3日，曲翠兰不慎将假牙吞入食道，当时李秋实正在沈阳进修，曲翠兰急忙借车赶往沈阳。到沈阳时，已是凌晨4点钟，秋实早已等在医大的门口，见了曲翠兰，说，急死人了，还以为你路上不行了呢。手术从11点一直进行到下午4点半，秋实饭也不吃，一直守着曲翠兰，每隔十来分钟，就跑出去通报家属，怕他们着急。手术后曲翠兰住在9楼，李秋实住12楼，为了照顾曲翠兰，李秋实每天跑上跑下无数次，脚都跑肿了，还给曲翠兰买来奶粉等营养品。当同病室的人知道秋实与曲翠兰非亲非故，只是她的领导时，都觉得不可思议，说，现在哪有这样的院长啊！几年后，曲翠兰退休了。一天，曲翠兰正在家里百无聊赖地待着，院长来看她了，送给她1公斤毛线，让她练习织毛衣，好手脑并用，锻炼身体。曲翠兰感激院长，就想织成毛衣后，送给院长。她没事时就拿出来织两针，织得很细致。没想到，衣服还没有织完，院长却走了。

一位年轻患者因车辆肇事，留下后遗症，非常悲观。李秋实看在眼里，急在心上，正赶上"全国耳鼻喉科学术交流会"在大连召开，她就带上这个病人，带上他的病志和其他一些疑难病历来到大连。李秋实白天开会，就利用会议的休息时间，千方百计地找专家和教授探讨、研究、帮助诊断。早晨和晚上，她还到各家医院去询问、打听、请教疑难病历的诊治。她有时只吃一个馒头或只喝一碗粥奔波一天，直到深夜才能回去休息，第二天又要早早起来。经过多方求教，李秋实终于制定了最佳的治疗方案。当她知道病人很快就能康复时特别激动，请病人到饭店庆祝了一下。在大连的7天时间里，她没有进过一次商店，没有给丈夫和女儿买一件礼物，海滨风光更顾不上看一眼，却又一次超乎寻常地履行了医生职责。

1976年，担任县卫生局副局长的李秋实带领支农工作队在拐磨子镇小荒沟村待了一年多。一位年仅19岁的名叫左振艳的村民结识了李秋实。后来有一年，左振艳的丈夫因耳后长了一个小瘤，医院还没有能力治疗，得去沈阳。夫妻俩一合计，这么个小瘤也不碍事，就回去了。两年后，左振艳收到了李秋实写来的一封信，说医大来了一位教授，让他们赶紧到医院去。这么点的小事，李秋实也记在心上，左振艳说不出心里是个啥滋味儿。在这个小村庄里，吕凤春、刘洪琴、纪凤艳、张淑梅……有多少人接受过李秋实的救治和帮助，谁也记不清了。小荒沟村人说："李秋实做的好事，三天三宿讲不完。"

1977年，雅河乡王庆芹三姐妹的父亲住院，因为没钱，在李秋实家住了一个多月。几年后，老人的女儿患上腮腺混合瘤，因为家庭困难又在李秋实家住了一个星期。

李秋实在日记中写道："患者的需要就是我的价值。"为了患者，她节假日从未休息过，听诊器总随身带着。有病人时，她随叫随到，哪怕是半夜，她也毫不犹豫地立即赶到，有时连袜子都顾不上穿。平时，不论开什么重要会议，只要有患者，立即停下先看病。她照顾最多的，不是达官显贵，而是贫弱的人。一位农村老大爷，身上有异味，护士在给他打针时，看到他手背上有两个虱子，转身借故走开了。李秋实走来，亲自给老人打了针，回家把丈夫的衣服拿来给老人换上，又把老人的衣服拿回去洗净烫过了拿回来。桓仁的百姓都知道，有病找李秋实，准没错，不管认识不认识、有钱没钱，不论地位贵贱高低，她肯定会像对待自己的亲人一样负责到底。李秋实到沈阳进修，人们就追到沈阳，在她进修的8个月时间里，她竟接待了桓仁患者40余人次。有些患者没钱到外地看病，她就得用外出的机会，拿上病志，请有关专家诊断。

现在是一个发生什么事情都不会令人感到意外的时代。这个时代只有想不到的，没有不会出现的。人们震惊在减少，感慨在增多。

我的一个朋友从欧洲回来，感慨最深的是人与人之间的那种亲近感。他说，人家老人看咱们就像爷爷看自己家的孙子一样。我从没去过欧洲，无从体会他的感慨，但我相信他的话是真的。因为他不会无缘无故就发出这样的感慨。他应该是有感于一些国人的冷漠。

冷漠，让人面对他人的痛苦和灾难置若罔闻，对眼前的变故波澜不惊。过去，人们还只是对陌生人的苦难报以冷漠，现在，居然发展到对熟人和亲人的苦难也不冷不热的地步。对陌生人的苦难视而不见，也许可以理解，中国人一向讲多一事不如少一事。可对熟人和亲人的苦难也充耳不闻、视而不见，那我们生活在人间与生活在冰窖里又有什么区别？

冷漠是一种可怕的病症，他虽然不是刀，但它比刀更伤人。它伤的不是人的肉体，而是人的心。

这些年来，冷漠竟像艾滋病一样扩散，许多人不知不觉间就被传染。被传染的人往往出现下面的症状：不会助人、不会感动、不会愤怒、不会流泪。仿佛什么事情都和自己无关，虽然有个躯壳，但已没有了灵魂。

冷漠是没有油捻的蜡烛，是无法点燃的灰烬。表面看去，它与冷静都是冷母所生，却是外表相同而实际判若两人。冷静只是燃烧前的等待，而冷漠却是没有了燃烧的欲望和可能。

冷漠是感应神经坏死，针刺他没反应，火烤他他不觉疼。表面看呼吸正常，语言无碍，实际却是精神的僵尸。

冷漠这种病，自己不疼却让别人疼，自己不冷却让别人冷，自己不悲哀却让别人悲哀。

大家也许都知道鲁迅当年为何弃医从文的经历，那是他目睹了中国人被日本人砍头，而别的中国人竟都像看热闹一样充当看客。这无可救药的冷漠，让他意识到，身体再健康也只能充当看客。于是他决定要医治国人的灵魂。鲁迅虽然逝世80多年，但他医治国人灵魂的任务仍然没有完成，用孙中山先生的话说：革命尚未成功，同志仍须努力。

而救治国人的灵魂，先要从治疗冷漠开始。可以说，冷漠不治，其他都无从谈起。

◎天使怎样对待礼物

做医生、当院长这么多年，无论白天黑夜，医院会诊，李秋实随叫随到，却从没要过一分钱会诊劳务费；外出开会给的纪念品她也如数上交，奖给对医院有贡献的同志。李秋实自己在医院看病、买药，都和普通患者一样交钱；家人就更不用说了。她女儿怀孕时做黑白B超检查，也交了钱。李秋实极少因为私事用公家的车，只有一次例外，那就是女儿结婚前，女婿用车到沈阳买家具，她还交了油钱。倒是为了公事，她没少坐"蹭"车。身为院长，李秋实经常出差，她不是坐客车，就是搭乘县领导或外单位出去办事的车。她一本正经地给大家讲过这样做的好处：坐客车可以了解群众对县医院的反映，搭领导的车可以抓住机会汇报工作，一举两得。

县医院大楼在进行加固维修工程的同时，院里还决定全面改善医疗条件，把钢窗全部更换为铝合金窗。县内外有20余个厂家闻讯前来洽谈，其中还有李秋实自己和医院职工的一些熟人。李秋实作出公开招标的决定后，很多厂家以为还不是走走过场？谁知三轮下来，同等质量铝合金窗每平方米的价格真从170元降到了140元！代表们心服口服："这才是真正的招标，我们干上干不上都高兴。县医院的职工真有福气啊！"

别看李秋实为公不讲私情，在职工们心里，她却最有人情味儿。不管谁家里有个大事小情，李秋实总是人到礼也到，跟着跑前跑后地张罗。可是别人对她的回报她从来不肯接受。

王兴凤、马丰年夫妻俩都是县医院的职工，有一年王兴凤患肾结石到外地看病，李秋实硬塞给她180元钱。夫妻俩都知道李院长手头并不宽裕，一直觉得欠她的情，本来想趁李秋实女儿结婚时还礼，李秋实大概是猜到了这一点，女儿的婚礼是她在进修期间特意到阜新办的，谁也不知道。用她丈夫王志成的话说："像私奔似的。"

后来，李秋实的女儿生孩子，王兴凤觉得机会来了，就送去了一封夹上200元钱的信，恭喜李秋实当上外婆。没想到，李秋实也用一封信把200元钱退了回来，上面写着"信收下，深情收下，钱退回"。

就在李秋实去世的前两天，有人看见一位农村老人在西关市场卖野鸡，价格便宜得惊人。问他为啥贱卖？老人说，这对野鸡本来是想给李秋实院长，感谢她救命之恩的，可她说啥也不要，老人只好便宜把野鸡卖了，赶紧回家。

一天，桓仁县医院手术室门口，一个大爷手拎一筐土豆，伫立在那里。门哗的一声开了，那位大爷快步走上前去，见这个穿白大褂的医生是男的，就退了回来。

门哗的一声又开了，这位大爷又快步走上前去，见这个穿白大褂的医生是个戴眼镜的女医生，又退了回来。

门哗的一声又开了，那位大爷又快步走上前去，他认出来了，认出了这个穿白大褂、留着短发的女医生是李秋实，李院长，便喊："李院长，你给病人做手术哪？"李秋实站下看了看，"是田大爷呀，你的病好利索了吗？"田大爷说："好了，完全好了，都能上地里干活了。要不是你李秋实，恐怕我这把老骨头早就进炼人炉了！你白天黑夜地给我治病，还为我付了药费和住院费。我也没有什么好东西送你，听说你爱吃土豆丝，起土豆时，我和老伴就挑了一些又圆又大的土豆，给你送来了。吃吧，爱吃你就吃吧，俺们家里有的是土豆，保证让你吃个够！"

李秋实拎着土豆筐，同田大爷回了家，炒了两盘菜，一盘猪肉丝放在了田大爷面前，一盘土豆丝放在自己跟前。李秋实同田大爷边吃边唠嗑，吃完了中午饭。李秋实又领田大爷去了农贸市场，买了十斤猪肉放在了田大爷筐里，然后去客运站送田大爷回家。

桓仁的父老乡亲，有多少人受过她的恩泽呀，菩萨还需要供奉，而李秋实，却不要一分钱的回报。从当医生那天起，她就没收过任何人的礼物，有一次她因消化道大出血住院，看实在瞒不过了，就在病房门口贴了字条"谢绝探望"，不让任何人去看她。有人见找她不行，就去她家，而她早已告诉家人，谁收礼谁往回送，所以她丈夫和女儿也从不代她收礼。

与李秋实非亲非故的崔华，为感谢李秋实的救命之恩，病好后为她织了件毛衣。当崔华将毛衣送给李秋实时，李秋实说什么也不收。她说："小崔，你的病刚好，不好好休息，还为我受累，我说什么也不能收。"见李秋实铁了心，崔华灵机一动，装着头痛的样子倚在椅子上。李秋实见状慌了，上前摸着小崔的头，心疼地说："我收，我收……"李秋实的话音刚落，撒谎成功的崔华心里乐开了花。不久，崔华收到了李秋实的信件和一份礼物———件崭新的棉麻毛衣和一条毛巾被。李秋实在信中写道："为你治病是应该的，你针针线线的感情我确实不忍心拒绝，但只有回报，我才能感到欣慰，请收下我的一点心意，请理解我做人的原则。"

六河乡一位老人患过敏性皮炎，住院期间饮食差，使用激素本人低钾无力，又无人照顾。李秋实除治疗外，又给他送饭，取药，精心照顾这位老人。老人病好出院后，在当年秋天，从六河乡骑自行车找到兰家沟，累得汗流满面，见面就说："我是铅矿退休工人，也是一名党员，你的先进事迹我都知道，我不是送礼，东西都是自家产的。"一塑料袋辣椒面，一辫自己种的大蒜，一小袋大米，看着老人路途迢迢送来的东西，她知道这是老人的一份心意。老人的心情她十分理解，可她又不能收，又无法向老人说清楚，只好说："您关心我，我也关心您。我收下辣椒面和大蒜，你收下我一筐梨。"又劝他把大米拿回去留着自己吃。

有一位患者多次想报答李医生，始终没成。一天傍晚，她看见李秋实的自行车还在医院门口处，就灵机一动，将礼品交给看自行车的老人，求他转交给李秋实。老人见到李秋实，说明了原因。李秋实见东西无法退回，就对老人讲："礼物我不能收，您老留着保养身体吧。"

雅河公社一位朝鲜族教师的孩子做扁桃体手术，因为工作忙脱不开身，这位老师要回去，李秋实就把他的孩子领到家里吃饭。这位老师再来的时候，带来一些自己抓的小河鱼送来，表达谢意。他说："我知道你的情况，我不是给你送别的东西，这小鱼你就收了吧。我的孩子还在你家吃饭了呢。"李秋实再三劝阻。后来，那个老师一看李秋实怎么也不收，就把鱼交给一个人转交，可那个人转交时，李秋实依然谢绝。

这样做，好像有些绝对，有人对她不理解，也有各种议论，但她觉得这样心中踏实。有好心人问她："这样做图个啥？"她说："图良心的安慰。"

她把踏实作为心中的原则，这个标准似乎不高；把"良心的安慰"作为追求，听起来也不那么令人振奋。但恰恰是这些东西让她没有对别人的痛苦视而不见，恰恰是这些东西让她心甘情愿奉献。这些最朴实的东西，恰恰是人生的根基，不可动摇。有了这些，就能让周围的人感受到真善美的存在。

有人鄙夷不屑地问："良心多少钱一斤？"李秋实说："良心千金难买。"一个人有了良心就能孝敬父母、善待他人，就不会欺上瞒下，生产假冒伪劣，不会谎话连篇，不会落井下石，不会见死不救。而一旦坏了良心就什么伤天害理的事都能干出来。正如泰戈尔所言："当人是兽时，比兽还坏。"

最近看到学者鲍鹏山的一段演讲，提到了良知（与良心同义）的问题，与大家共享：

没有知识可以被宽容，没有良知不可以被宽容。我们遇到标准化的试卷，回答不好没有问题，但是涉及良知判断、是非判断、善恶美丑判断，如果出了问题，那就是大问题。

我讲一个故事。有一位父亲发现15岁的女儿不在家，留下一封信，上面写着："亲爱的爸爸妈妈，今天我和兰迪私奔了。兰迪是个很有个性的人，身上刺了各种花纹，只有42岁，并不老，对不对？我将和他住到森林里去，当然，不只是我和他两个人，兰迪还有另外几个女人，可是我并不介意。我们将会种植大麻，除了自己抽，还可以卖给朋友。我还希望我们在那个地方生很多孩子。在这个过程里，也希望医学技术可以有很大的进步，这样兰迪的艾滋病可以治好。"

父亲读到这里，已经崩溃了。然而，他发现最下面还有一句话："未完，请看背面。"

背面是这样写的："爸爸，那一页所说的都不是真的。真相是我在隔壁同学家里，期中考试的试卷放在抽屉里，你打开后签上字。我之所以写这封信，就是告诉你，世界上有比试卷没答好更糟糕的事情。你现在给我打电话，告诉我，我可以安全回家了。"（全场大笑）

这封信说明，一个人在知识的试卷上可以犯错，甚至不止一次犯错，一辈子犯错，我们到老了都是无知的。但是在良知问题上，可能犯一次错，我们就万劫不复了。所以，比事实判断更重要的是价值判断。事实判断，我们做不到什么都懂，但是做人要有良知，要有价值判断力，这一点还是应该尽量做到的。

今天中国社会的一个问题，就是缺乏判断力。中国教育的一个问题，就是缺乏文化素养。比如，为了抵制日货，很多年轻人走到大街上砸同胞的车，甚至伤害同胞的身体。他们带着一腔热血，以为在爱国，但实际上却是在"碍国"。

为什么一个怀着良好爱国热情的人，会去做妨碍国家、损伤中国人形象的事？他们缺少的是什么呢？良知。

知识就是力量，但我要告诉大家，良知才是方向。我们常常说落后就要挨打，我还要告诉大家，野蛮也会招打。

人民医院与人民币医院

RENMINYIYUANYURENMINBIYIYUAN

◎欲说还休的医患关系

有些关于健康的段子为人传诵：
比如说健康值多少钱？

救护车一响，一年猪白养；
住上一次院，三年活白干；
十年努力奔小康，一场大病全泡汤！

小病……拖；
大病……扛；
病危等着见阎王！

您现在不养生，以后养医生！
在健康方面花钱花时间就不用担心！
因为你花的都不是你的钱，是医院的钱！
您不花，医院早晚也会收回去！

什么是健康？
健康是自己不受罪，
健康是儿女不受累，
健康是少拿医药费，
健康是多得养老费！

健康与金钱的关系是什么？
健康是无形资产，
保健是银行存款，

疾病是恶性透支，
大病是倾家荡产！

辛苦奋斗几十年，
一场大病回从前，
爱妻爱子爱家庭，
不爱健康等于零！

一个人可以说一辈子不与法院打交道，但却不敢说一辈子不与医院打交道。

国人一向有尊重医生的传统，在他们心中医生是帮助他们解除痛苦的人，简直就是活菩萨呀。恭敬感激都来不及，哪还能想到对医生不敬，更不要说闹医生，打医生了。可进入21世纪，似乎出现了3000年未有的大转变。医生居然成了被保护的弱势群体，有的医生在岗位上就被人殴打，甚至失去生命。许多医院竟在各种医疗机构外专门设了警务室，以提防闹事的患者和家属。许多医生坚决改行，不但自己不想干了，甚至坚决不让子女报考医学院校。医患关系突然紧张到如此程度，让许多人始料不及，连国家的最高领导习近平在开人代会的时候都关注起这个问题，问前来开会的医疗界代表，医患关系从什么时候开始这么紧张的。代表回答就这五六年。

最高法院介绍，2014年，全国法院共审结暴力杀医、伤医等犯罪案件达155件。

医生患者如此僵化的关系，除了极个别的医生不负责任，极少数患者及家属无理取闹的因素，主要是让人民币闹的。许多地方一个小病也让你做遍各种检查，以便收取高额的费用。再加上药费加价，使许多人奋斗几十年，一病回从前。这样，心理自然焦虑，难免一点儿火星就能燃起战火。把人民医院变成人民币医院，是医患关系紧张的源头。回想李秋实对待患者的态度，真令人感慨之。

◎捡来的"老爹"

一天，有个老人来到店里，买了两块饼干吃。关不紧的牙床，往外掉渣，一只手在下巴下边接着。他忘了把接到的渣送回嘴里，有几粒沾在了疏松的胡子上。他说，这一块钱还是小外孙给的。

他说上个月住在王家河坝女儿那里，这个月到期了，要到下鸭河口儿子那里住。没人接他，女儿也没给车票钱。在女儿家里，饭他是在桌上吃的，虽说没有零花钱，也没添衣服。说好一边一年添一套衣服，可是儿子那边没添，女婿就不想添了。他的贴身裤衩、汗衫都穿烂了，不能洗，一洗就崩了。他戴的火车头帽子、穿的袄子，是冬天就穿戴的。没有衣服是其次，令他最难过的是到了儿子家里，不能上桌吃饭，要到灶门口吃。说是老年人喜欢清静，专门给你端一碗菜，就在灶屋吃。可是那碗菜是昨天的剩菜占多数，饭也是剩饭。

他恨儿媳妇，每回把饭菜做那么多，又不给他吃，像是存心剩下来叫他吃下一顿。他说：儿子养了一条狗，在灶屋门口吃饭，也是有饭有菜。灶屋里还孵了一群小鸡，每天拿新饭喂。他觉得自己跟狗和鸡一样。他养了儿子几十年，老婆子死得早，他当爹又当妈，还养他上了初中。儿子养他不如养狗养鸡。

他说着眼泪滚滚，饼干都打湿了，没咬的半边耷拉下去了，好像被谁折断。就像达利画中虫蚀的钟表。他说他走不动了，才吃两块饼干，他怕是走不到儿子家了，他也不想走了，往路上一倒还安静些。路上那么多过往的车，轰轰隆隆的，他耳朵已经要聋了。聋了也好，省得听儿媳妇假仁假义的话，听到他就难受。

岳母给了他一碗水。她说，本来想留他多歇一会儿，吃点饭，可又怕他真的走不到了。说起他儿子，也是开药店的，岳母认识。老人走了以后，不久有人来，说在鸭河口龙潭有人跳了河，是一个老汉。一问，就是他了。

这是前两天看到的一篇文章《跳河的老人》，看完之后，心就像被针扎了一样难受。

现在的老人家住在城里的，儿女在外打拼就成了空巢老人，即使不在外打拼，也都不愿与父母住在一起。好在市里的老人有点劳保钱，正常的年景还不至于饿肚子。农村的老人一旦失去劳动能力，儿女又不管，差不多就无路可走。想想小时候一把屎一把尿把儿女拉扯大，如今自己成了垃圾，儿女恨不得早早扔出去，瞻念前途，真是不寒而栗。

1984年冬天，临近春节了。一天早晨，在县南关农机厂上班的丁保兰，被安排到医院护理本厂职工张北云。走到病房门口，眼前的景象使她惊呆了：只见在张北云住的同一病房里又新住进一位70多岁的老头，在他的床头放着一个脸盆，老人趴在床上，口鼻之中不时地流淌出鲜血。

丁保兰看着那情景，犹豫着不敢入内，怕自己抑制不住呕吐。护理病人的责任心使丁保兰再次走到房门口。看着床前的女医生，她想："人家大夫都不嫌脏，我护理病人不能总站在病房外。这位老人假若是我护理的对象，我还能躲吗？强烈的自责之后，丁保兰走进了病房。

看着吐出许多血的老人，丁保兰问："大夫，他这是啥病呀？怎么吐血了呢？"医生回答："他胃有点不好，没大事。"女医生简短回答后，便端起那个脸盆匆匆地走了出去。看着大夫匆忙的背影，丁保兰问："这位大夫是谁，对病人真好。"老人的老伴说这是李秋实，昨晚就是她接待他们的。这不，今个她又早早地来了。

中午，李秋实再次来到病房，她端来一碗冲好的牛奶，服侍老人喝了下去，同时嘱咐老人的老伴，别给他吃硬东西。

在老人住院的几天里，李秋实每天总是早早地给老人端来煮好的鸡蛋糕或是冲好的牛奶。每次都要问一问老人感觉怎样了，好些没有，并安慰老人别着急，她一定会治好他的病，让他们回家过春节。还嘱咐丁保兰帮助老人的老伴护理老人。丁保兰瞅着李秋实对老人如此关心，打趣地问道："大夫，他是你老爹吗？你怎么对他这样好？"李秋实笑着回答："嗯，他就是我的老爹。"

腊月二十八，老人身体康复了。李秋实为老人买好回家的车票，在丁保兰帮助下，她们把老人送上了车。丁保兰发现，李秋实脸上露出幸福的微笑。

这位老人，李秋实照顾了几天，而另一位老人，李秋实照顾他20多年，那位老人跟别人说，李秋实是他女儿。而李秋实的亲生父亲在她4岁时就死掉了。李秋实工作的第一个岗位是在当时的桓仁县八里甸子公社医院当医生。当时在乡医院做饭的有位吴大爷，他独自一人，李秋实对他非常同情和尊敬，经常帮助吴大爷做饭和缝缝补补。在李秋实调到县医院以后，吴大爷也调到县医院，李秋实和丈夫王志成照顾他几十年。老人当人就说："李秋实是我的女儿。"李秋实也似乎像有人监督一样，承担起照顾吴大爷的责任。一年四季，把老人的冷暖挂在心上。每次家里包饺子，她都要给老人送去一碗。吴大爷病了，李秋实从心里着急，一日三餐，顿顿都把从家里单独做的菜送到吴大爷嘴边。吴大爷病情加重了，身边需要看护，李秋实动员自己的爱人王志成前去照顾。她丈夫也不讲价钱，去照看老人。晚上开灯老人休息不好，王志成就每晚都摸着黑陪伴着。

吴大爷衣服脏了，生了虱子，她就把老人脱下的衣服拿回家，洗了又洗，烫了又烫，熨平叠好送回来。她看老人能换的衣服不多，就把爱人的衬衣拿来给吴大爷换上。有一天，李秋实把煮好的饺子拿到吴大爷的住处，可到屋里一看，老人已经停止了呼吸。老人活到80岁时，平静地离开了人世。李秋实像亲生女儿一样为老人料理后事。在处理老人遗物时，院领导想把老人攒下的800元钱，给李秋实留下200元，她分文不要。说我照顾老人，只是为了让他晚年生活幸福一点儿，体会到社会的温暖。

由无儿无女的吴大爷，我想到了电视上《有五个儿子的老人活活饿死》的报道。北京市通州区张辛庄村，80多岁的老人柴玉吉，一生含辛茹苦养育了五个儿子。老人的最后结局是活活饿死。死前老人床头摆放着儿孙们的照片。

◎偏远山区的盲聋哑人

桓仁当年曾有17个公社，每个公社都有盲、聋、哑患者，这给一些家庭蒙上了一层阴影。愁绪也同样撕咬着李秋实的心。李秋实暗暗下决心，一定要查找到导致盲、聋、哑的原因，千方百计将盲、聋、哑人数降到最低。

1984年5月的一天，李秋实带上了医疗器械和同科室的姜医生踏上了漫漫的乡路，对全县17个公社的盲、聋、哑患者进行普检。检查的第一站是八里甸子公社。山区道路不平，公共汽车颠簸得很厉害。一上车，秋实就感觉到晕，没走多远就哇哇地吐起来。一阵折腾后，李秋实已脸色灰白、浑身冒汗，没有一点儿力气。终于挨到了地方。下了车，姜医生关切地说："李主任，咱们休息一下吧，下午开始也不晚。"李秋实却说："工作还没做，怎么能休息呢？"她不顾全身难受，赶到了八里甸子医院。这里是她曾经工作过的地方，院里的医护人员纷纷迎出了门，争先恐后地喊着："秋实回来了。"李秋实多么想与老同事们坐在一起，谈谈工作，谈谈生活。可是急切的心情不允许她有半点懈怠，马上投入了工作。

他们的检查器材十分简陋，只有一个手推动转椅和一个音叉。她连续检查了两个大队、5个患者，转椅每转动一圈，她的头就晕一次。当她查到第六个患者时，转椅转了一圈又一圈，这个9岁的聋哑孩子一点反应也没有，而李秋实实在坚持不住了，蹲在地上吐了起来。

姜医生在一旁劝说道："李主任，你休息一下吧。"李秋实蹲在那里，闭着眼睛，摆了摆手。不一会儿，又继续工作了。

其实，这一项工作做起来并不十分累，但却很辛苦。不管是在摇晃的车上还是在转动的椅前，李秋实总是翻肠倒肚的难受。这样工作了近半个月，李秋实整个人瘦去了一圈。

那天到五里甸子公社检查，这是桓仁最偏远的山区，由于远途跋涉，再加上连续工作的疲劳，李秋实一到达就发起了高烧，体温达39.5度。看李秋实病得这么厉害，五里甸子医院院长说："李主任，休息一天吧，工作不是一天干的。"李秋实笑笑说"没关系，我挺得住。"就这样她带病工作了两天。第三天上午，将前来接受检查的17名患者全部检查完毕。

李秋实稍稍地松了一口气。当她得知由于夹皮沟大队不通车还有两个患者没来时，一脸严肃地说："一个也不能落。"在场人都劝她："太远了，就算了吧。""那可不行。"李秋实反驳说。他们不了解李秋实的脾气，在工作上，她要来了认真劲，谁也别想改变她。就这样，李秋实不顾疲劳和高烧，步行去了夹皮沟，为两名患者做了检查。

这次普检用了近一个月的时间，共检查343例盲、聋、哑患者，李秋实写出343份《盲、聋、哑调查分析》，获市医药学会优秀证书。

翻开李秋实的日记，我们也许就理解了李秋实为什么会这样："有人对我这种忙忙碌碌觉得不理解，这并不奇怪，因为世界观不同。那种吃喝玩乐、醉生梦死的生活，我觉得太可耻了，活着倒是对人民的犯罪；越苦越累越忙越舒服，当人民的勤务员最幸福；有人说，调资（涨工资）说明贡献大，调不上说明工作差，我不这样认为。因为40%的名额有限，我是党员，要把好事让给群众；人活着就要有益于人民，有益于社会；只要是对人民有好处的事，哪怕是最脏最'下贱'的活，我认为就干这样的活，就是幸福……"

一位公安局的女同志在演讲中，发出这样震撼人心的发问：面对秋实的灵魂，你敢说自己是好人吗？

◎压在箱底的旧车票

王雅文老人打开了一只木箱子，里面装着她的衣物和一些舍不得丢掉的东西。2000年清明节那天，她从箱底拿出一张纸包纸裹的旧车票，瞅了又瞅，看了又看，泪水盈满她的双眼。这张车票，又勾起了她对李秋实深深的怀念。

那是1987年10月的一天，在送一位老人去医院看病的路上，王雅文不慎将脚踝骨扭伤，到县医院看病，医生看过说需要住院治疗。王雅文由于来时比较匆忙，又觉得没大事，看看就能回去，所以就带了200元钱，家里也不知道，这可怎么办？王雅文一股火急得嗓子哑了，说不出话来。无奈之下到口腔科看嗓子，给她看病的医生正好是李秋实。李秋实告诉她只是嗓子有点炎症，吃点药，打点针就好了。

李秋实给她看了病，开了方子，又跟王雅文唠了几句家常。谈话间，李秋实得知王雅文住在外科病房。

王雅文因钱不够只吃了3天的药，就没有按方去取药。这3天，李秋实每天到病房看她两次。

晚上，王雅文正在床上着急呢，没想到李秋实看她来了。李秋实坐在她床边，问这问那，无意间发现白天开的方子放在床头，问她为什么不拿药。王雅文说："没钱了，来时匆忙，带的钱花光了，是同病房病友给买的。大夫，麻烦你往家里捎个信，让他们给我捎点钱来。"李秋实又问家里为什么没来人。王雅文说："我在离家20多里的敬老院上班，来县看病的事家里不知道，我从小是个孤儿。"说到这，李秋实一把抓住王雅文的手说："真巧，我也是孤儿，我知道那个滋味，不管怎么说，得先打针吃药，有病不能挺。"说着，李秋实拿着方子走了，不一会儿，又回来了，给王雅文送来了晚上和第二天的药。

第二天，王雅文把情况跟单位说了，单位派人送来了钱。王雅文拿着钱乐呵呵地找到收款处说，"昨天晚上，李大夫在这给我赊的药账，今天我来还钱。"收款的同志告诉她，医院不许赊账。药钱是李秋实垫付的。"

当她转身找李秋实还钱时，李秋实说啥不要，李秋实说："别说感谢，给你垫钱、送饭都是我应该做的。医生关心患者是应该的，更何况谁都有困难的时候。"费了好大的劲儿才把钱还回去。

她们俩处得像一对亲姐妹。有一次闲谈，王雅文很满足地说："我过去是孤儿，现在家中有儿有孙，有婆婆有丈夫，但我每年只回三四趟家，全部精力都献给了敬老院，做得够多了。"李秋实说："这样还不够，仅干好自己的本职工作，还不是一个好的工作人员。分内的工作要做，分外的事也要做。只要对老人好，对敬老事业发展有好处的事都要做，而且要做好。我叫你一声王大姐，我希望你出院后写一份入党申请书，积极要求加入党组织。"王雅文顾虑自己年龄大，李秋实说："只要你具备了入党条件，无论多大岁数，党组织都会接纳你。我愿在报纸上看到你的名，广播里听到你的声，光荣榜上见到你的照片。这就是我对你的希望，也是你对我最好的回报。"

病好了，王雅文准备出院了。王雅文把几瓶罐头和剩下的10元钱偷偷地送给李秋实，算是表达一点自己的心意。下班后，李秋实把罐头和钱送了回来。还从兜里掏出一张车票，拉着王雅文的手说："咱俩认识一回，又同是孤儿，没有什么东西送，我给你买了一张车票，做个纪念吧。"王雅文不知说什么才好，双手接过车票。这张车票正是当日下午3点开往铧尖子的客车票。

回到家，王雅文把这张车票包了又包，裹了又裹，压在木箱子底层。从此，她把它藏在心里，每当拿出这张车票，她就想起李秋实。如今李秋实已不在了，这张车票就成了她们之间永久的纪念。

王雅文没有忘记李秋实的关怀和希望。出院后第三天，就写了入党申请书，1988年10月，王雅文光荣地加入了中国共产党。回到敬老院后，无论分内分外的事都主动抢着干。王雅文时时处处努力工作，曾多次被评为先进工作者、优秀共产党员、劳动模范，曾代表桓仁县参加省里的汇报团作巡回报告。在一次表彰会上，王雅文与李秋实见面了。李秋实拉着王雅文的手说："很高兴看到你取得这样的成绩，希望我们继续努力，共同进步。"

王雅文相信李秋实的话，做好事才是对她最好的报答。

◎留住远道而来的病人

李英家住新宾满族自治县下夹河村。她的头部三岔神经处长了个瘤，虽经多方医治仍不见好转。

在无意中李英看到了《共产党员》杂志上刊登的李秋实为患者治疗肿瘤的报道。她在父亲的陪同下慕名来到桓仁，找到了李秋实。经过检查，确诊她长在三岔神经处的瘤是三腺混合瘤。由于此瘤长在了三岔神经这一特殊位置上，手术危险性大，很有难度，有的医生便建议李英还是去沈阳医治。李秋实与院内20多位医生会诊后认为患者远道奔桓仁而来，还是应该收下她，克服困难，为她做好手术。就这样，在20多位医生的共同努力下，李英三岔神经处的瘤被切除了，手术很成功。

手术后，李秋实知道患者不能吃硬东西，她便煮好了面条给李英送来；李秋实怕李英晚上冷，从家中拿来被褥给她铺盖，李秋实再忙每天也要抽空来看望李英两次，问寒问暖，无微不至。

端午节那天，李秋实又早早地来到病房看望李英。她给李英父女送来了鸡蛋、鸭蛋，并安慰李英别着急，很快就会出院的，并嘱咐李英的父亲，假如有什么困难一定要跟她说。

在李秋实和医护人员的精心医治下，李英很快痊愈了。出院那天，李英父女拿出50元钱给李秋实，以表示对李秋实多日照顾的谢意，李秋实谢绝了。李秋实说："这是医生的职业道德，也是我应尽的职责，我也该谢谢你们对我们医院的信任。"

李英的父亲万分感激地说："李院长，你救了我女儿，我们一生都会记着你的。"

◎ 两代人的缘分

刘庆贵是最早记住李秋实的司机，他没想到，不但他与李秋实有缘，就是他的女儿也与李秋实有缘。

当年在李秋实的帮助下，刘庆贵找到了修车人，解了他的燃眉之急。没想到，十几年后，李秋实又成了他女儿的救星。

刘庆贵的女儿刘明霞患有先天性佝偻病，出生后一个月又患了鼻炎。于是，刘明霞在滴鼻净的陪伴下度过了10个春秋。

1973年，刘庆贵抱着一线希望再次来到医院。耳鼻喉科的牌子，似乎让他看到了希望。巧的是他与李秋实在这里再次相遇。

李秋实仔细地为刘明霞检查了病情，并询问了她的病史，李秋实告诉刘庆贵："这孩子的嗓子里有块软骨，需要做手术才能根治她的鼻炎。"

刘庆贵担心地说："这孩子体质很弱，做手术能受得了吗？"

李秋实说："不用担心，这个手术没有危险。给孩子办理入院手续吧，不做手术，她会痛苦一生。"

67

刘庆贵听了李秋实的话，便给女儿办好了住院手续。李秋实给刘明霞做了手术。正像李秋实所说，手术很顺利。刘明霞住院的7天时间里，李秋实天天到病房看望刘明霞，给她换药，并买来水果罐头让刘明霞吃。看着刘明霞一天天地好起来。家人非常高兴。临出院时，李秋实告诉刘庆贵，以后有什么事直接到医院来找她。

星移斗转，岁月如梭。1987年，刘明霞要做妈妈了，怀着做母亲的喜悦，她企盼着宝宝能顺利地降生。经妇产科医生检查后，发现刘明霞由于患软骨病，骨盆畸形，只能施行剖腹产。临近预产期，刘明霞在亲人陪同下住进了医院。刘庆贵既为女儿高兴，又替她担心，面对医院内张张陌生的面孔，他想起李秋实。

"已经十几年没见面了，她能帮忙吗?"家人这样猜疑着。

万般无奈的刘庆贵决定还是找李秋实，几经打听，刘庆贵知道了李秋实的电话。电话挂通后，李秋实爽快地说："别着急，我马上安排给你女儿手术的医生。"手术室外，刘庆贵焦急地与家人守在门外。说话声不断传出来。"李秋实是你们亲属吗?"医生问。

"不是，她以前给我做过手术。"刘明霞答道。医生说："李秋实说了，你身体不好，是个特殊患者，要我做手术时要格外小心，你们家人有些担心……"20多分钟后，护士抱出一男孩。看着母子俩平平安安，刘庆贵一家人欢天喜地。李秋实三个字从此便深深地印在了他们的脑海里。

1995年1月1日刘明霞再次临产。刘庆贵又直接找到李秋实。在李秋实的安排下，不仅喜添一子，又摘掉了子宫内肌瘤，同时做了绝育手术，一举三得的手术很顺利。

术后，李秋实多次到病房看望刘明霞。查看她的伤口情况，并询问："感觉怎么样，刀口疼不疼……"

1992年入冬的一天，刘明霞到市场买菜，见到了李秋实。李秋实又问起她的身体状况及家人情况，并送给刘明霞一件半截大衣。

对于这些，作家雷达有深切的理解。他认为，李秋实既是仁爱精神的承传者，又是东北乡土精神和民间情怀的体现者，她是当代普通百姓心目中道德理想的化身。

　　她是一位爱者、梦者。人活着，有有梦与无梦的区别。李秋实是一个目标感很强，充满梦幻与渴想的人。她小时候就特羡慕背药箱的人，觉得穿白大褂最美，梦里也要当医生。当上医生了，她不满足，不断进修，凭真本事拿到了副高职称，这无论对她还是对县医院，都不容易。接着，她的梦想在扩大、在升华。她想以她为中心，建一所现代化的大医院，解除所有乡亲的病痛。她是有心人，凡到外地出差，或串亲戚，都悄悄把当地医院看个仔细，然后比较着，在心中描画自己的蓝图。然而，就她的本性、所受教育和价值理想来说，与市场化的法则和秩序其实很难兼容。她的理想是计划经济基础上的理想，她很难跳出这个圈子。她认同并为之激动的是那种为贫下中农送医送药、风雨出诊的人生，她对商品化、市场化、利润法则这一套始终思想准备不足，甚至有种天然的阻抗性。作家雷达在《秋实凝香》中写道："就这个意义上说，她其实是个不合时宜的人物。现在有的文章把她描绘成市场经济的弄潮儿，英雄，如鱼得水，我以为是一种误解。她是被动地、扭曲地、心力交瘁地应付着这个越来越陌生的世界。如果说她是商品时代的英雄，那也是悲剧英雄。比如，她对药价的飞涨、昂贵，一直不理解、不赞成，对于今天腐败的病菌已侵害到教育、卫生甚至司法这些神圣的传统领地，对于愈演愈烈的拿红包现象，她更深恶痛绝，又认为不可理喻，表示想不通。她对医院设备的严重老化心急如焚，为改善医院条件不停地呼吁，却又发现她的努力往往收效甚微。"

◎包了一半的饺子

　　焦永兰刚满3周岁的儿子患急性喉炎，由于没有经验误以为是感冒，加上交通不便，延误了治疗。后来一看，又不像感冒，是什么病也说不上来。1984年正月十六晚上实在挺不住了，只好往县医院赶。来到县医院时已是晚上7点多钟。

　　经急诊医生检查，孩子病情严重，随时有生命危险，建议赶快去找李秋实。

不一会儿，李秋实大夫赶来了，手上还沾着面粉，李秋实正在家包饺子，连手都没来得及洗，就匆匆地来了。她一边洗手一边询问发病经过，用过什么药，紧接着进行检查，采取治疗措施。为节省时间，她让护士直接去取药，不付款。她亲自把孩子护送到病房，并给孩子用上了药，同时，还细致地告诉护士和家属这种病可能出现的几种情况，出现哪种情况应采取哪种方法救治。李秋实大夫在病房守候了一个多小时，孩子病情平稳后，家长再三劝说，她才回家吃饭。临走前还特别嘱咐医生和护士，如果发现孩子呼吸困难加重，要赶快去叫她，别耽误了。

到了深夜11点多，孩子呼吸出现困难。护士给她家打电话。不多时，她就赶来了。

她安排各有关科室人员做好抢救准备，同时找来了祁禄德院长。在医生值班室临时搭起的手术台上，李秋实大夫为孩子做了手术。孩子得救了。

家长心上的一块石头落了地。李秋实大夫关切地对焦永兰说："吓着了吧？不要紧。好好护理，注意别让孩子哭闹，住几天院就会好的。"听着秋实大夫的话，看着熟睡的孩子，焦永兰内心里涌起由衷的感激之情，眼睛潮湿了。当她下意识地低头掩饰泪水的时候，发现了李秋实大夫穿着布帮单鞋，没有穿袜子。见此情景，焦永兰一下子想象出了这样一个天寒地冻的深夜，李秋实大夫是怎样不顾一切地从床上爬起来跑到医院的。焦永兰紧紧抓住李秋实的手，不知道说什么好。

经过李秋实大夫和其他医护人员的精心治疗，孩子很快痊愈出院了。为了表达感激之情，我们买了点小小的礼品请李秋实大夫收下作为纪念。可是无论人家怎样解释和央求，她就是不肯收。她恳切地说："治病救人是我的职责，是我应该做的。你们的情谊我收下，东西坚决不能收。"无奈，他们只好写了一封感谢信贴在医院门厅里，以表达内心的感激之情。

1999年春的一天，焦永兰在医院门口遇见了李秋实，匆忙的交谈中她还问起焦永兰"儿子多大了？"焦永兰说："20了，在一中读高三，挺结实的。"她说："今年高考了，有把握没有？"还说"考上了别忘了告诉我"。焦永兰说："一定，一定！"遗憾的是，孩子真的考上了大学本科，可还没有来得及告诉李秋实大夫，李秋实就走了。

◎特殊的陪护

县医院儿科来了一个患格林巴利病症的小患者。才3岁，神经麻痹，四肢不会动弹，咳嗽无力，痰排不出来。做了气管切开手术，解决了排痰问题。然而手术已七八天了，按照格林巴利病症治疗本应该是恢复的好转期，可小孩病情却越来越重，出现发烧症状，每天需要打氧气。这是肺内感染，是威胁患儿生命的严重的并发症。孩子的母亲响应党的号召，做了绝育手术。为了给孩子治病，两口子离开家，在医院守候已半月之久，非常疲劳，花了近300元钱。孩子的父亲都急病了。儿科的医护人员也很着急。

孩子不安排特护是不行的，安排特护人员又紧张。李秋实想，自己抓这项工作，又懂得气管切开手术的护理，就决定亲自参加护理。从下午4点到午夜12点，天天如此，连续坚持7天，白天照常上班。给患儿打鼻饲、吸痰、翻身叩背、擦屎擦尿、洗尿布。经过特护小组3名同志的精心护理，患儿病情明显好转。体温不高了，氧气撤了，肺内感染好了。不久，小孩气管套管也拔掉了，病情恢复很好。

在特护期间，因为连续白班接着夜班上，爱人又不在家，李秋实晚上的饭不能按时吃，一直到8点半才能吃上。那时，家中还在用煤炉，炉子常灭，孩子也照顾不上。但是看到小患者迅速康复，她很高兴。由于安排特护，患儿明显好转，患儿父母的负担也减轻了。他的妈妈已回宽甸照料家务，只有孩子爸爸一人在医院。钱花完了，在孩子爸爸回家弄钱的四五天时间里，孩子一人在医院，完全由医护人员照顾，孩子的父母知道有李秋实在，他们大可放心。

李秋实行医，如甘露时雨，不私一人，不疏一人。在她面前，不管是生人、熟人和干部、群众，都是自己的患者，一视同仁。

雅河乡一位姑娘来到医院，她患的是腮腺混合瘤，半拉脸肿得像个发面馒头，需要手术治疗。当李秋实了解到这位姑娘困难无钱住院治疗时，便热情地把她领到自己家中，而让爱人去单位值班室借宿。

李秋实就像对待自己的亲妹妹一样，无论工作多么劳累，都一日三餐地侍候。

每天按时给患者打针换药，整整7天时间，直到她痊愈。这位患者临行前不知说啥好，只是一步一回头地望向李秋实，扑簌簌流下了感激的热泪。

李秋实认为，医生必须具备高尚医德，满腔热情全心全意地为患者服务。行医几十年，她始终认真、热心、耐心地对待每一个患者。能做到这一点，首先是她理解每一个患者和家属。谁没有病能到医院花钱买药、打针遭罪？越是反复到医院来看病的患者，医生越要耐心、周到。因为越是这样，患者越需要安慰，越需要医生的理解和体贴。病人对医生寄予很大希望，即使做全面检查没有器质性病变，也要耐心、热心地对待患者，心理安慰也是一种治疗。有的患者说："医生的态度好，不治病也好三分"，这是有道理的，因为心理治疗可以调动患者自身能量来积极地抵御疾病。心中装着患者，患者的痛苦时刻牵动她的心，尤其是危重症患者。患者不脱离危险，她吃不好，睡不安。患者不脱离危险她就一直不离患者身边。

李秋实的患者大部分是生活在贫困山区的农民，但在她的眼里，无论是干部还是农民，也没有富人和穷人之分，都是她的患者。

一个孩子跟父亲一起上街，看到一个乞丐坐在地上，身前放着一个小盆，显然是为了装钱的。那个孩子随手掏出一元硬币扔进去。他本来以为父亲会表扬他的举动，没承想却被父亲批评一顿，原因是他给乞丐扔钱时，直着腰，是对对方的不尊重，并说乞丐虽然贫穷，但也需要尊重。

这个父亲的批评，体现了他高贵的品格。他知道，穷人缺少的是金钱，但不是人格，因而，要对穷人表现出应有的尊重。

秦琼落魄时曾经卖过马，杨志倒霉时曾经卖过祖传的宝刀。他们落魄时也就成了穷人，可他们的人格并不低贱。

最近看一个小故事，很令人震撼：一个4岁孩子的母亲在一个富人家当佣人，一天富人家请客，主人让佣人留下帮忙，佣人说怕孩子一个人害怕，富人就让佣人接来了孩子，佣人把孩子安排在一个不常用的洗手间，买了香肠、面包让孩子在里面吃。富人发现这一情况后，离开了客人们，端了两盘食品陪孩子，一边吃一边唱。客人们发现主人没了，就循声找到了那个卫生间，看到情同父子的两个人坐在地上，都被深深震撼了，大家端着酒杯陪孩子一起吃饭，让孩子确信他母亲是最好的母亲，他是最幸福的人。

那个孩子长大后买了拥有几个洗手间的大房子，每年匿名捐钱给穷人，但从不举行捐赠仪式或接受采访。他说，他永远忘不了某一天某一位富人和太多的富人，用他们的诚恳和良知，维护了一个4岁孩子的自尊。

我们现在常常有人捐款资助贫困的学子，本来这是难得的善举，可不知怎么搞的，有些人觉得默默地把钱给了贫困学子太没有声势，似乎也没面子。于是就大张旗鼓地让学生到台上接受捐赠，好像给他们颁发奖状似的。很多学生就因为这样的举动，宁愿不接受这样的捐赠。在他们看来，这样的举动有伤他们的自尊。贫穷并不是他们本人的过错，他们无法忍受在众目睽睽之下从别人手里接过钱来。这让他们产生吃嗟来之食的感觉。这种感觉千年前的古人尚不能忍受，何况21世纪的现代人。

◎病人给病人治病

李秋实一天风风火火，东奔西走，像个铁人似的，她似乎不会得病，可病菌不管你是谁，只要有空隙就往你身体里钻。1985年，李秋实患上了肝炎。因科室人少，她只休息一个月，休息期间，一旦有重病人抢救她都参加。

4月的一天晚7点多钟，从铅矿转来一名叫咸海昌的喉梗阻小患者，呼吸困难，随时都有憋死的危险。李秋实带病坚持上了一天班，很疲劳。但她深知孩子病情危重，没有专科医生守护，随时都有生命危险。一个医生的职责，促使她守在患儿身边。到半夜，患儿病情加重，抱到抢救室下气管镜两次未查出什么原因。立即做气管切开术，才挽救了患儿生命。

经过一夜紧张抢救，患儿得救了，她非常高兴。可她的肝炎病却不留情，没过几天，病情加重，转氨酶高过300单位。但她觉得这次病情加重是值得的，因为挽救了一个小孩的生命。作为一名医生，深知肝炎病没有特殊药物治疗，休息和加强营养是非常重要的。也知道应该爱护自己的身体，从个人角度出发，身体好自己不遭罪，也不给别人添麻烦。她更珍惜自己的幸福家庭，更希望多给才吃50多天奶的独生女儿一些母爱和幸福。但当患者需要的时候，当工作需要的时候，她首先服从工作的需要，她信奉实现生命的价值在于奉献，幸福的意义在于拼搏的人生观。她切身体会到人间自有真情在。人们盼望真情，渴望真情，也需要人们去奉献真情。因此，她不止一次地提到应大力提倡树立我为人人、人人为我的社会风尚。

◎彭玉丰书记的一席话

彭玉丰是现在县医院的党委书记，一个很和善也很干练的中年女性。在我采访她的时候，她说了如下一席话。

悬壶济世，不能光看钱治病。好汉怨自己，赖汉怨别人。以前请大夫，哪是请大夫，是请祖宗、财神爷。现在可倒好，变仇人了。社会发展了，楼高起来了，道德却没跟着高起来。人穷的借钱治病，干看不好，他能不急吗？病不长在谁身上谁不难受。有好酒你好意思喝吗？医生看不好病，有设备因素，自身因素有没有？医生绝大多数是好人，没有节假日星期天，有急诊手术就得到位。还是天使多，不都是恶魔。公务员的活今天干不好可以明天再干，医生不行，所以，我们有的医生自己做手术刚回来就又上班了。

医院病人投诉的却总是那么几个人。医学院应开人际关系沟通课。如问病人你怎么回事，就不如问你哪不舒服？沟通比技术重要，如果不会沟通，你技术没使呢，人家就走了。现在，离开医生，到百度都能活挺好，许多医生的孩子不再考医学院。

一切以权钱（或圈钱）为中心，叫什么社会主义？一切社会发展以德为先。我到韩国，到卫生间，我们的包总拎着，人家就可以放在水池上。

有些人台上讲得天花乱坠，底下乱七八糟。我要代理一个药的品种，挣10万不成问题，但做人道德要有底线。腐败除了制度原因，也有个人因素。李秋实做的事表面看没什么了不起，但她自己当院长在自己医院拍片还交钱，女儿丈夫治病都自己掏钱，还把住不起院的病人领到家里，并给他们做饭，我们就做不到。

这些事做不到，但这种精神应该学习，也应该传承下去。

我告诉我们的医护人员，溜须当官的有钱的干什么，他们有病时找领导了，不花钱就跑省里市里大医院了。别挣昧心钱，有点小病就挂滴流，尤其小孩子，你给那么用药，合适吗？

彭书记的话启发我，人民医院与人民币医院虽只一字之差，却有天壤之别。我们虽不能实行全民免费医疗，但我们应该把心放正，医院是为人解除病痛的圣殿，而不是牟取暴利的机构。不摆正这个位置，医患矛盾就永无解除之日。

天使能当领导吗

TIANSHINENGDANGLINGDAOMA

领导是一个特殊的行业，有时，纯粹的业务尖子未必就能当好一个单位的主要领导。一个人们心中的好人，也未必就是一个合格的"一把手"。因为，一个人一旦坐上了领导的位子，人们对他的要求，就不仅仅是当业务尖子和做一个通常意义上的好人。李秋实无疑是一个天使一样的好人，可天使能当好领导吗？

李秋实不是平步青云，一下子坐到了院长的位子。早在20世纪70年代，她就是县卫生局副局长。后来说是突击提拔上来的，这个副局长就不算数了。这样的事如果让别人遇到不知会窝囊成什么样，可她似乎没那么回事似的，因为她在位时也不到局里办公，依旧在医院为病人看病。当副局长的她是医生，不当她依旧是医生。

她在1977年9月12日的日记中说："我是认准一个门，踏踏实实地干，绝不指手画脚地去教训别人，而是当人民的勤务员。有人可能看不惯我这种作风，觉得不会当这个局长，我就是甘心情愿。群众都叫我李秋实，就说明，我同群众距离在缩短。如果他们都叫我局长，说明我同他们还没有交心。"

1993年前，桓仁满族自治县人民医院只是一幢破旧的3层小楼，医疗条件十分落后，仅有的一台像样的设备是一台已经用了多年的500毫安X光机，医院的医疗技术水平赶不上发达地区乡镇医院、甚至村级医院的水平。后来，成了二甲医院。那时，每当望着这在短短几年里发生巨大变化的医院，医院的职工、桓仁的父老乡亲就想起李秋实。因为医院今天的辉煌，是她用汗水、心血换来的。

李秋实自参加工作就在山区基层医院当医生。她经常身背药箱骑着自行车到十里八村为老百姓看病。作为县党代表和人大代表，她常骑自行车或坐公共汽车走乡串户，坐在老百姓的炕头上征求大家对山区医疗卫生事业的意见和建议，然后提交给上级有关部门。

桓仁地处辽东山区，交通不便，离本溪市200多公里。过去医疗条件落后，稍微难治一点儿的疾病，就得转诊到本溪、沈阳、吉林省的通化市。不但增加了群众的经济负担，而且使许多患者因得不到及时救治而死去。1990年，一位司机因车祸头部受伤，必须马上抢救，但因县医院条件不具备，于是转诊外地医院。李秋实亲自护送，经过5个多小时山路颠簸，患者刚刚到达转诊的医院，还没来得及抢救，就永远地闭上了眼睛。这位司机上有70多岁的老母亲，下有没成年的孩子，身边还有多病的妻子。他的去世，使这个家失去了顶梁柱。一家人撕心裂肺的哭声，像针一样刺痛了李秋实的心。她想，如果不白白地浪费掉那5个多小时的转诊时间，患者的生命就可以保住，原本幸福的家庭就不会承受这么大的痛苦。她流着泪拉着这位司机母亲的手说："是我们没有尽到责任啊！"

1993年，李秋实担任县人民医院院长。上级领导找她谈话时，她表态说"我当院长一不图权，二不图钱，就想为更多的老百姓解除病痛，把医院建设成让人民满意的医院。"

当时，县医院年业务收入只有600万元；负债100多万元，李秋实是临危受命的。

前院长卸任前曾说，有人拥护我，那是因为我"又聋又哑"，有一些人吃拿卡要，跑冒滴漏，收红包，吃回扣，开高价药，待得多舒服啊。那时山区百姓有一顺口溜讽刺道："一顶白帽头上戴，革命红包挂两边，白旗指处乌云卷，掏光了农民把身翻。"可见问题已很严重。

李秋实离世前，县医院是一幢4层白色楼房，在4楼的一角，是李秋实生前的院长办公室。房间很小，只有13平方米，房里设施也很简单。一桌一椅，桌上总放着一套检查耳鼻喉疾病的仪器。医院人员介绍，李秋实院长历来是一边做院长工作，一边抓紧一切机会给患者看病。墙边放一个卷柜，拉开柜门，在柜门里面贴着一张白纸，在纸上留着李秋实生前写下的一行字："有益于人，有益于社会"。她把它贴在这个位置上，是为了天天时时地警示自己。

每届县人大会议的议题，经她的坚持和反复陈情，总少不了讨论给医院增添设备。这次是解决CT，下次是解决彩超，再下个目标就是高压氧舱，李秋实也因之被善意地冠以李彩超之类的外号。有一年她把县长逼急了，只好把仅剩的一点钢材给她充数，她果然就去售钢材了，赚的钱为医院添了一项新设备，方便了群众。生活完全把她的性格改变了，她变得脸皮厚了，无所谓了，她甚至专挑大款们吃大餐的时候赶去谈判，一边看着他们吃，一边谈要钱的事，这时候，那个既泼辣又腼腆的"铁姑娘"早已不复存在了。随着梦想的一步步实现，她的身体也一天天地耗损着，直到最终把命搭上了。

李秋实也确实不辱使命，经过她和同事们几年的共同奋斗，到1999年，医院还清了所有内债外债，收费标准却比同级医院低，病床利用率达到97%，实现了人才结构的合理配置。

有一次，组织部门根据群众的意见，要推荐她担任副县长。她找到组织部门诚恳地说："我本人的能力和专业更适合在医院干。医院还没有建设好，我不能离开。"

◎ 从何处下手

从20世纪90年代开始，在医院甩红包现象就像传染病一样到处蔓延，县里的医院也不能幸免。老百姓气愤地把县人民医院称之为"人民币医院"。李秋实面对这种情况，在职工大会上说："我们是山区医院，老百姓生活多困难哪！他们手中的钱是脸朝黄土背朝天，一个汗珠子摔成八瓣挣来的，我们怎么能够忍心去收他们的红包呢？办医院，眼睛不要盯着老百姓的腰包，而是要想着为他们解除病痛。我们一定要让老百姓说我们是真正的人民医院，而绝不能成为'人民币'医院。"

当领导的要把自己的地区和部门引到何处，总要有自己的设计。那些年，医院体制改革引人瞩目，承包制、股份制和个人买断等形式在外地相继出现。但县医院到底应该实行什么样的体制，走什么样的发展道路？这么重大的问题不能凭"一把手"个人的意愿。李秋实不想闭门造车，她给每个职工发了调查问卷，同院内各层级职工谈话，召开社会监督员会议，并向县里各界发出调查问卷一千张，然后在班子会上集体讨论，最后召开职工代表大会讨论决定。医院职工代表大会通过了李秋实集中大家意见提出的"体制是效益的前提，管理是发展的内涵"办院思路。

用李秋实的话说，就是要有公立医院的信誉，私立医院的态度。

县医院要生存、要发展，缺的是钱，缺钱又不能打患者的主意，只能向管理要效益。在深入调查研究的基础上，李秋实组织制定了改革方案；中层干部实行职务聘任制；热点部门和重要岗位实行竞聘制；新上岗职工实行合同聘任制。经过实习和考试后聘用为临时工。技术人员试用期一年。

药械科长期以来在药品采购问题上职工意见大、存在问题多、医院利益受影响。通过竞聘的办法，更换了新人，一下子面貌一新。理疗科过去是一个经济效益较差、管理较乱的科室，李秋实鼓励院里一名青年干部到那里去工作，并号召全院职工集资1.7万元，给理疗科更新设备。李秋实给这名干部定下指标：3年收回投资成本。这名干部没有辜负李秋实的期望，奋斗了一年就完成了任务。

在她的主持下，县医院制定了方方面面191项制度规章，规章制度多了，有人开始叫苦，太多了，记不住哇。李秋实把制度中最要害、最根本的归纳成简单的10条"职工守则"，其中包括文明服务、团结同志、遵纪守法、不谋私利的内容，等等，印出来发放给每个职工。

她制定的这些可不是为了走形式、摆样子、应付检查的，而是为了进行管理的。许多地方，一些单位也订了规章制度，可他们只是把这些东西挂在墙上，写在纸上，却没有去执行，因而，所谓管理也就变成凭领导兴之所至，随意处置。可李秋实却把规章制度当成金科玉律，认真奉行。一位主任医师，还是李秋实的老领导，晚上做完手术后在医院喝了两瓶啤酒。李秋实知道后马上按规定给予了处罚，并公示出来。

县某家医院一名职工家属在县医院做手术，由于是同行，关系又很熟，手术后请手术医生一起吃了顿饭。李秋实知道这件事后，责成医院有关部门按照规定给予当事人罚款100元处理。一天深夜，院里来了一名需做功能检查的急诊患者。有关部门不得不把专业人员从家里找来，检查结束后，患者家属十分过意不去，就拿出两元钱打"板的"送这名同志回家。李秋实第二天知道了这件事情，找来这名同志对其进行了严肃的批评，并责令其将两元钱退还患者，写出书面检讨。良好的风气重新在医院形成，人民群众再也不把医院叫"人民币"医院了。

为了使制度牢记在职工的脑子里，李秋实责成院里有关部门经常组织考试抽查，并把考试抽查的结果与全科室的奖金挂钩，根据得分多少发一定比例的奖金。李秋实还把规章制度教育考核作为新职工的必修课，不合格者不能上岗。

他山之石，可以攻玉。李秋实担任院长以后，深知仅凭自己的知识和阅历是难以适应管理一个现代化医院的需要的。因此，她注意学习其他医院的管理，利用出差、开会、学习、培训等机会认真考察学习其他医院的管理工作。她当院长这7年来，先后考察近30个县区医院和省、市级医院。

院里有几名"文化大革命"前正规医学院校毕业的高级医师。他们职称高、资格老、年龄大，被称为"高老大"。桓仁山高水远，很少有大学生愿来，高级医师们30多年来一直是这里的顶梁柱。这些人退休以后，宁愿放弃高薪聘请，也接受李秋实的请求返聘本院继续工作。8名主任医师、12名副主任医师中，1962年来院的费德金主任是资格最老的了。对李秋实，61岁的费主任说了一句中肯的评价：当医生时虚心，当院长时谦虚。刚到医院那会儿，遇到不会的，她总是在老大夫们身边问个明白。后来当了院长，她也特别尊重这些老大夫，经常与他们沟通、交换意见。费德金说，其实老知识分子们在意的并不是秋实给他们什么好处，论技术她也可能不如我们，但是她办事就是让人放心、顺心，跟着她干心里舒服也佩服。

李秋实患有肝炎、关节炎等多种疾病，但她不把自己的病放在心上，可那些老知识分子的身体状况却牵挂着李秋实的心，门诊部主任郑和回忆说："秋实每次见到我们都问长问短，叮嘱我们一定要保护好'革命的本钱'。"

李秋实在生活上关心每一个职工，在工作上，也总是伸出扶助的手。理疗科科长王洁说："没有李院长的鼓励，就没有理疗科的今天。"1993年创科的那一天，李秋实向她打保票："你放心，我会全力支持你的。"李院长给她配备了最得力的人手，和她研究新的发展目标，理疗科的设备水平很快达到了三甲水准。李秋实去世那一天，王洁捧着结算清单痛哭失声："李院长，目标完成了，你可知道？"

李秋实当院长后，觉得应该改变过去从干部中选模范的做法，从全院不带"长"的普通职工选出8名模范、优秀职工。还利用三八妇女节，评选"五好家庭"和"四自"标兵，五四青年节，进行青年岗位标兵的选拔；"七一"进行党的知识和社会主义理论知识竞赛和评选优秀共产党员，等等。

县医院共有床位400张，过去国家每年拨给每张床位1200元经费，有几年减少到800元，每年国家总共才拨给医院34万元，而县医院每年的工资费用就得616万元，也就是说，他们每年必须挣回582万元才能解决吃饭问题。

以前的医院像机关似的，有星期天、节假日，可人得病却不管哪一天都会得，绝不会因为星期天或节假日，疾病就都潜伏起来。人有病就要上医院，到医院一看你休息，该是多么丧气的事啊。李秋实上任后，重新调整了医院的作息时间：取消节假日、休息日，实行全科系365天24小时开诊；她上任前医院关门办院，等待患者上门。现在主动服务，满足社会多层次的医疗需求，为山区农民专门设立义务导诊咨询服务，解决他们就诊困难的问题。为了让偏远山区农民不耽误治病，医院还特别派出技术权威、党团员利用业余时间深入偏远山区上门义诊，并取消了一些收费项目，农民患者拍手称赞。

人才培养是李秋实当院长以来最重视的一件事。由于历史的原因，医院存在着严重的医资力量断代现象。为了让患者看好病，返聘那些临床经验丰富的退休高级知识分子，采用以老带新和送出去进修、引进教授讲学等方法，使年轻的医生迅速成长起来。

1997年，内科医生李玉璞到中国医科大学进修呼吸内科，由于县医院诊治技术落后太多，一进医大，他就感到巨大的压力，想打道回府。这时，正赶上李秋实到医大五官科进修。她找到小李，送给他两句话："同样是松籽，如果落在石缝间，就不必和落入沃土中的同类相比。你不能展示高大，却可展示顽强；同样的水滴，如果你落在了草坪上，就不必和落入大海中的同类相比，你不能展示澎湃，却可展示璀璨。"在她的勉励下，李玉璞在全体进修生中出类拔萃，受到指导教师的高度赞扬。李秋实去世的前一天，李玉璞和李院长一起完成了医院第一例用纤支镜钳取右侧声带肿物活组织手术。

◎与日本客商做生意

一直当医生的李秋实怎么也不会想到自己会做买卖，而且是几百万元的买卖，更让她想不到的是和她做买卖的竟是日本客商，让别人想不到的是与以精明著称的日本客商做买卖，李秋实居然赢了。

李秋实1993年担任院长，成为医院的当家人以后，始终把引进先进的医疗设备和技术，加强和改善医院的硬环境，看作医院发展的重头戏。

桓仁县位于辽宁东部山区，距周围几个城市都有几百里路，交通十分不便。以前县医院没有CT机，每年全县大约有600名各类患者要到外地诊察。雇车到最近的通化206医院要花300元。到本溪得500元，还要加上人力物力和食宿费用，甚至有的没等检查上就去世了。为了解决山区群众这个实际困难，提高医院的医疗设备水平，李秋实跑沈阳，去本溪，写议案，打报告，不厌其烦地一遍一遍向省、市、县有关部门反映情况，见到县里的领导更是一遍遍阐述购买CT机的重要性和紧迫性。

她告诉医院的有关医务人员，凡遇到有关领导来医院看病，都要向他们宣传CT机的好处。有一次，李秋实搭乘一位县领导的车去沈阳开会，一路上她滔滔不绝地向这位领导汇报工作，宣传购买CT机的好处以及医院的困难和患者的需要。对方见她一身疲惫的样子便说，我们唠点轻松的话题吧。可是没说上三句别的，李秋实的话题又回到了县医院需要CT机上。为了争取资金购买CT机，李秋实几乎达到了着魔的程度。李秋实为了申请购买CT机，多次去找县长。由于需要上百万元，的确不是一个小数目，因此，钱迟迟没有批下来。

秋实天天去找县长，县长开玩笑地说："李院长，我看以后就管你叫'李CT'得了。"原县委书记王国超开玩笑时也称她的雅号——李CT。

钱终于批下来了，可是不够，日本客商最低非要300万元不可。谈判很艰苦，李秋实磨破了嘴皮子，对方少一分都不干。

在争取资金的同时，李秋实多次组织有关人员外出考察，每到一处，他们都认真察看CT机的操作过程，询问机器的性能、价格。有一次，李秋实与其他3位同志到岫岩考察CT机。临行前，她就规定每人每顿饭5元钱标准，这可难坏了掌管伙食的放射科主任赵家祥。他心里明白，如果超出标准，李秋实是不会答应的。考察结束时已是晚上，岫岩方面安排他们住宾馆，李秋实一听350元一宿，抬腿就走，驱车直奔沈阳，到沈阳已是凌晨一点多钟，大部分旅店都关了门。没停业的，李秋实又都嫌贵。随行的吴县长说我的孩子在东北大学念书，就住那里的招待所吧！好不容易敲开了大门，一宿36元，这回李秋实高兴地住了下来。

1995年夏，购买CT机的资金终于落实了。李秋实经多方考察，最后决定购买北京一家日本公司进口的CT机。

他们与日本老板苦苦谈了3整天。日方要价385万元，底价为300万元。价格咬得死死的，简直没有往下谈的余地。第二天，经过李秋实等人的努力，对方稍作让步。日方表示，若300万成交，可安排李秋实他们去日本考察10天，费用由日方公司负责，或送小轿车及其他贵重物品，李秋实却反复强调：我们是为桓仁30万人民来的，我们什么条件都不要，只要你把最好的机器用最低的价格卖给我们，我们就感谢你了。"日本客商说，这300万元包括去日本考察的费用和给你的回扣。李秋实说："日本我不去，回扣我不要，想请你们去桓仁看看，农民患者多么需要CT机！"言谈之间，她泪花闪闪。对方把价格降到了280万元，并一再声明，这是最低价。低于此价不谈。

CT的价格让到了280万元。这个价格李秋实还是不满意，又开始"马拉松式的谈判"。第3天上午，李秋实还想给医院省点钱。中午，他们又专程到密云县一家有相同CT机的医院去看机器，问价格，把一切打听清楚，心里才托了底。返回北京后，几个人匆匆吃了点饭，就去和对方敲定价格。

日方终于做出250万元的最后让步。日本人认为自己做了亏本的买卖。李秋实还是不能接受，又为医院争取到了两台空调，一台稳压器，一台洗片机、暗盒2个等价值30万元的配套设备。一共给医院节省了80万元资金。

日本公司代理商十分感慨地说："我今年卖了11台CT机，都是以

300万元的价格成交的，我第一次看到你这样的，有这样的好院长，你们的医院不会不好。"

这台机器自1995年投入使用以来，年使用率高达3000多例，每年实现纯利润80多万元。

引进CT机后，县医院又陆续购置了彩色超声波检测仪、血磁治疗仪、纤维支气管镜、膀胱镜等先进诊疗设备，较大幅度地提高了县医院诊疗水平，既节省了患者到外地就诊的费用，又给医院带来经济效益。1999年，县医院经济收入已达到2060万元，是1993年的2.6倍。

◎性急的人干慢活

李秋实常讲："事情再多，我们也要首先想到的是做人的工作。人的工作做好了，其他工作也就好办了。"她是个急性子的人，走路都比别人节奏快，可做别人的思想工作她却显示出了少有的耐心。

她不像一些领导，离开讲稿就不会讲话，她在大会上讲话一般不拿稿子，用发自内心的语言感召人、激励人；她找人谈话总是动之以情晓之以理，用亲切的语言温暖人鼓舞人。

她经常把一些名言警句送给大家，还到江边捡一些小鹅卵石做成小工艺品，写上勉励的话，送给年轻人。

县人民医院有几名"文革"前正规医学院毕业的高级医师，他们一直是医院的"顶梁柱"。李秋实特别看重这些老大夫，经常与他们沟通、交换意见。

耳鼻喉科医生王霞于1990年患了结核病，转到千山住院，三次病危，虽然一次次被抢救过来，但已失去生活信心的王霞，绝食、拒绝治疗，只等一死了之。在这期间，李秋实多次给王霞写信和捐钱，告诉她要想到自己有家、有老人、有丈夫、有孩子，鼓励她一定要活下去！李秋实知道，在医院时，王霞最向往有一天能操纵"电测听"给患者治疗。为了给王霞带来生的希望，李秋实购进了一台"电测听"，写信告诉王霞，说"电测听"在等待着她，盼望她尽快康复，使用先进的医疗设备。奇迹在王霞身上出现了。一种真情，一种期盼，不仅使王霞战胜了死神，而且精神抖擞地重返了工作岗位。

医院职工的孩子在外地读书工作，她出差时总要顺路去看一看，还经常给他们写信，介绍医院情况，鼓励他们积极上进，做出成绩，为家长争光、为医院争光。

医院职工中有对年轻夫妻，工作很出色。由于工作忙，对孩子疏于于管理，孩子的学习成绩有所下降。为了不让这对夫妻分散精力，李秋实经常到学校，找孩子的班主任了解情况，研究帮助孩子提高学习成绩的办法。1999年5月的一天，孩子上体育课时不慎摔成骨折，当时孩子的父亲正外出进修，年轻的母亲望着孩子惨白的脸，心疼得无法同医生配合手术。李秋实匆匆地赶到，一把抱过孩子，对孩子的母亲说："你放心，把孩子交给我吧。"在整个手术过程中，孩子的哭声与李秋实的泪水、汗水交织在一起。手术结束后，李秋实拎了一大包水果来到孩子身边，并给孩子讲述保尔的故事。她对孩子的母亲说："你爱人出差在外，都怪我没有照顾好你们娘俩啊！"孩子的妈妈感激得泣不成声。

◎面对说真话的人

刘敬丽刚从内科转到外科工作。由于科室跨度大，一时难以适应，又加上对新科室业务不熟练，人员配合不默契，以及工作的繁重和面对患者的烦躁，逐渐地产生了厌倦的心理。工作上、思想上消极、怠慢甚至讨厌这个职业。一个人无论做什么事情，就怕有抵触的情绪，那段时间，她知道自己只是在勉强支撑，越来越感到心理负担。

到了1995年年末，院部通知每位员工都要写一份年终总结，汇报一下一年来自己工作和思想上的状况。这时刘敬丽突发奇想：既然自己怀有如此沮丧的心情，倒不如把它真实地写下来。想好之后，铺开纸张，便信笔写了下去，把自己一段时间来的感受和工作状况写了进去。可以说是一气呵成，写完之后，长舒了一口气，感觉到心情舒畅了许多。当然，这种舒畅不过是心灵宣泄后暂时的慰藉而已。

刘敬丽当时想，无论怎样最起码我是说了真话，比那些为了年终总结而四处凑假材料，只报喜不报忧，空话连篇的人强多了，要实事求是嘛，况且院里有几百位员工，或许李院长根本就不会把这样的小事放在眼里，或许她根本就不会看这份总结。抱着这种侥幸的心理，两个星期过去了，一切似乎归于平静。

而让刘敬丽没想到的是，一个周末临下班的时候，院长打电话到科里来说找她有事。当时，刘敬丽想：坏了，李院长肯定是看到了自己写的总结而欲兴师问罪，躲是躲不过去了，谁叫自己逞一时之快呢，自己酿的苦果只有自己去品尝了。下班的时候，刘敬丽怀着忐忑不安的心情敲响了李院长的门。李院长见她进来忙招呼坐下，端一杯水给她，和蔼地对她说："小刘同志，看了你的总结，我感到非常吃惊和强烈的震撼，没想到你的心理压力这样的沉重。这也是我这一院之长工作失误的地方，今天找你来，是想和你谈谈心，把你想要说的全部说出来，你也别把我当成院长，就当成姐妹或朋友之间的谈话，怎么样？"听了李院长一席话，刘敬丽如释重负，便把一段的工作和思想上的感受仔仔细细地向李秋实做了汇报。李秋实听完了之后凝思了一阵，对刘敬丽说："小刘，你的心情我理解，一个人离开自己工作多年的熟悉环境到另一个陌生的工作环境难免有不适应的情况。这是正常的，重要的是，我们要及时调整自己，首先把工作做好。时刻树立为人民服务的思想，无论做什么工作，我们都要做好它，我们心里装着人民的利益，装着患者的利益，我们从事了这个职业，就意味我们要去奉献，为患者、为百姓，不要为了自己而迷失了我们的方向和宗旨。我们办医院，治病救人是我们的宗旨。无论在哪个科室工作，都要牢牢记住这句话，用积极的态度去面对现实和未来。这样你的生活才会充满阳光，你的工作才会更有意义。"

听了李院长的一席话，刘敬丽如梦方醒，她为自己狭隘的思想而感到内疚和惭愧。从此刘敬丽以积极热情的态度去工作、去待人，她的工作也逐渐地被同志和患者所认可。

◎一个大学生这样找到工作

刘志蓁出生于一个普通的农民家庭。十几年的学习费用，给无固定经济来源的父母带来了巨大的压力和负担。1997年7月，她以优异的成绩毕业于沈阳医学院临床医疗系。终于完成学业了，那种高兴的感觉无以言表。然而，当看到同学们纷纷步入工作岗位的时候，她的心底很快地蒙上了一层阴影。自己的工作岗位在何方，我将栖身于何处？

一晃儿，毕业已一年半了，她的工作依然没有着落。只能时常与泪水相伴。看着父母那饱经沧桑的双手和那由黑变白的两鬓，更是心痛不已。

她的嫂子在县城里住。有一次嫂子对志蓁说："听说县医院李院长大公无私，清正廉洁，不妨去找找她，或许会有出路"。当时的她，心里很复杂，也很矛盾。与李院长素不相识，她能接纳我这个普通的农民孩子吗，为此，她想了几天几夜，终于鼓起勇气，在父亲的陪同下，于1999年1月31日找到了李院长办公室。那是早晨8点左右，敲响李秋实的门走进去以后，刘志蓁自荐说："我是沈阳医学院九七届毕业生！"李院长似乎明白了她的意思，她说："把你的毕业证书给我看一看"。刘志蓁把毕业证和在学校所得的一些荣誉证书递给地。她认真地翻看着，边看边问刘志蓁："这个'院长奖学金'和'市长奖学金'是怎么回事，是每个人都有吗？""我们学院有三千多名学生，每年有12人获得院长奖学金，有4人获得市长奖学金"。她听后，脸上露出了笑容，说："你稍等一会儿，我去同其他领导研究一下"。大约半个小时过后，她走回来，对刘志蓁说："让刁科长为你安排一个科室。"刘志蓁真的不敢相信自己的耳朵，这是真的吗？

事后，父亲感激不尽，把好不容易省下的200元钱，叫女儿交给李秋实，可李秋实见状严肃地说："把钱收起来，只要你能好好工作，就是对我最好的回报了。"

后来，李秋实几次到她工作的科室看她，还问刘志蓁："为什么不早点来找我？要是这样在家里待下去，多可惜！"刘志蓁说："那时不知道您是这样一位好领导。"

◎大方和小抠的奇妙统一

李秋实花公家钱的"抠"是出了名的。到大连医学院进修，人家安排30元一宿的房间她不住，自己找了个7元钱一张床的地下室；带队到市里学习，20多号人就挤住在溪湖医院的病房里；5元钱一碗的面条她也得和人家讲到4元；医院7名领导班子成员共用一部手机，谁出差谁带着。

有一回，从岫岩往回返，第二天的早饭，李秋实先把标准提出来：越便宜越好，最后7个人在食堂花了6元钱吃了一顿早饭。

她到大连参加东三省耳科学会年会，学会安排的住宿有三种档次，150元、100元、80元，李秋实选的是80元标准。在大多数人的眼里，觉得这样的院长难找，但也有人认为不符合当前形势。李秋实认为，一个人的价值在于创造，而不是享受。摆阔气让人瞧得起是表面的，而内在的力量让人心服，这才值得人们尊敬、佩服。

说到她的抠，朱立志想起一个便笺的事。那是1997年的夏季，医院为节约开支，从严管理办公用品。在各科室开展小指标竞赛活动。

小朱有一天想给远方的小妹写信，可没有稿纸，便去办公室找张振和主任要。他给院报写稿，常向科里要稿纸（科里也没有多少，不好意思再去要）。张主任指着他办公桌上的几张稿纸说"就剩这几张了，不够还得去别处弄呢"。小朱非常失望地走出办公室的门，看到李院长办公室的门开着，心里便有了主意：去找院长要，她是院长，一定有稿纸。

走进李秋实的办公室，看到李院长头戴看病用的额头镜在低头写着什么。李秋实抬头看到他进来，问："小朱，你有什么事？""我给院报写稿没有纸。"（因我深知秋实院长的为人，我若实话实说，她是不会给我纸的）。李院长听我这样说，便把正在写字的那个本翻过来，从后面撕下十多页纸递给他。接过来一看是32开的"人大便笺"纸。再往桌子上一瞄，看到右上角还有十多个半本模样的便笺纸，便说："李院长，你还有那么多，再给我点。"这些还不够你用？我这些还是好不容易从人大会场上讨要来的呢。"见他不走，李秋实半开玩笑地说："你还不快走，小心

信息科查岗罚你钱。"（当时的值周科室是信息科）

十余天后，小妹给他写了回信，她在信中调皮地说："没想到，一贯花钱大手大脚的哥哥，却变得这样节俭，写信没信纸，竟用人大便笺纸……"她哪知道，就是这几张便笺纸，也是好不容易从会过日子的李院长那里讨要来的呢。

县医院对外业务很多，为了节省费用，李秋实想方设法突出山区特色风味，既让客人满意，又不失盛情。她请人吃饭常常是几十元钱，百八十元一顿。她还经常把邀请来讲课的教授或其他客人领到家里，亲自下厨为他们做饭。

桓仁是我市唯一没有通火车的地方，交通不便利。县医院拥有500多名职工，竟然连一台小车都没有。有一次，某药厂和医院订销了大批药品，厂方主动提出要给医院一台桑塔纳轿车作为酬谢。李秋实和院领导班子一合计，医院经济状况还没有完全好转，领导哪有资格坐轿车？他们和药厂协商后，把轿车折成款项，又给医院省了一笔钱。

1999年末，县医院决定新添置一台救护车，购置新救护车时，李院长向厂方介绍县里的情况，介绍医院如何困难，争取对方能给予点优惠条件。在李秋实的努力下，厂家在原来的价格上再降了3000元。救护车是用于接送急重症患者的，同时也是用于运送尸体的，可就是这样的一台车，李院长已经感到十分满足了。她说再出门我们就有自己的车了，有一台能拿得出手的车了。可是，车提回来，李院长还没来得及坐上一次，就永远地离开了。

别看她在生活上这么抠，把一分钱掰成两半儿花。可她也不是一味地抠。一遇到医院发展上的开销，她就异乎寻常地大方起来。她在位的6年，医院选派52名医疗骨干到医大等省城医院长期进修，仅1999年就拿出9.5万元的培训费。医疗设备资产总额从1993年的60万元增加到960万元。1996年医院晋升为二级甲等医院后，又上了微机管理系统，添置了彩超、血磁治疗仪、血球计数仪、纤缩支气管镜、膀胱镜等，这些先进设备在全省县级医院都堪称一流。

农村山区冬春季煤气中毒的患者很多，由于县医院没有抢救这类急重病人的高压氧舱，有不少患者因得不到及时有效的治疗，有的患者在转院途中死亡。对此，李秋实深感内疚和痛心。从桓仁父老乡亲的生命利益着想，她决定想方设法引进高压氧舱。由于资金有限，她就利用个人的社会声望与影响，以县医院的名义向社会集资。

她挤时间带着财务人员，到经济效益好的单位及个体业户、机关学校，开始了她的化缘行动。每到一个单位，她就滔滔不绝地宣传医院，大讲医院的形势及患者的需求，望着李院长那企求的表情和诚挚的话语，实在让人动心。不管对方态度如何，她都全然不顾自己的身份和声誉。陪同她的人曾对她开玩笑地说，你真像一个丐帮的帮主。也时常遇到人们的冷遇，陪同的人便劝她，咱不掉这个价了，明天不走了，这种冷遇的场面我们实在是受不了，我们这么做有谁能理解我们呢？

李秋实却笑呵呵地说，为了患者。为了全县老百姓能得到及时的治疗，这不是掉价，正直的人们能理解我们，全院职工会理解我们的。如果我们不拜大门，谁也不能把钱主动地送给我们，高压氧舱我们就买不起呀！她就是这样不怕掉价，不怕嘲笑，不怕奚落，利用两个多月的时间，争取了64个单位及个人的捐款，达36万元。这些钱全部用于购置高压氧舱及其他医疗设备。高压氧舱自1995年投入使用以来，挽救了很多人的生命。

◎远见与短视的畸形组合

当院长后，李秋实顶着压力，为医院购进了微机。许多人不理解，县级医院用得着吗？李秋实却说："医院将来的发展离不开它。如果和国际联网，我们医生想查资料就不会再这么费劲了，医疗技术水平和效率不知要提高多少倍！"

在医院建设上她这么有远见，可对她自己的身体却缺乏远见。

在县医院，谁都知道李秋实是个工作狂，工作起来不分白天晚上、不分星期天和节假日。每天工作至少10个小时以上，有时下班回家吃点东西又返回医院继续工作，办公室的灯光常常亮到深夜。李秋实当了院长后，找她看病的人仍然很多，她坚持每周六出诊。她把自己的传呼号码贴在办公室的门上，患者可以直接传她，白天没有时间，就晚上为患者检查。

一位公司老总曾说过10000000000前面的"1"代表你，后面的"0"代表金钱、房子、车子、老婆、事业等，如果"1"倒下了，后面还有啥？你的这些东西通通属于别人。后来这句话被简化为，身体是一，其他都是零。

李秋实十分关心医院职工的生活疾苦。一位职工家里闹纠纷，李秋实得知后深夜赶去调解。已经便血好几天的李秋实，勉强地支撑着她那病弱的身躯，做他们的思想工作，使他们夫妻和好如初，而她自己却因突发消化道出血，昏倒在地。

为了节省医院的开支，李秋实和县里领导打招呼，让他们外出开会办事车有空座时告诉她一声儿，如有可能她好随车去办事。一次，她随县委副书记车顺英去沈阳考察加强医院管理方面的工作，咨询需购买的医疗设备情况；去沈阳医大研讨过患者治疗问题，到省、市争取过资金；到本溪打过县医院病房楼质量官司，等等。记得有一次她们同去沈阳争取资金，晚上住在省委招待所，4人房间那晚只住她们俩人。她们唠了很多，话题涉及医院的管理问题，制度建设问题，扩大服务领域问题，改革问题……9点多了，她说领导身体不好，不打扰领导了，让领导早点休息。说实在的，一天的劳顿真感觉很累，领导就提议我们都睡，她答应了，也躺下了。可是一觉醒来，车书记却发现她伏在桌子上写着什么，估计那时至少应是十一二点钟了。在车书记的一再催促下，她才真正睡下，可第二天早上不到5点，李秋实发现车书记醒了，便披着衣服躺在被窝里念她头天晚上修改的县医院管理制度初稿。好几种制度厚厚的一沓儿，征求书记的意见，让车书记帮助进一步修改。她的这种拼命工作的劲头，车书记都觉得不好理解。

车书记知道秋实的身体并不算好，她曾经得过乙型肝炎。调到外地工作的一位原县卫生局领导同志10年前曾给车书记写过一封信，让她提醒李秋实注意身体，车书记也觉得这是自己的责任，时常提醒她注意，但车书记发觉她很难听进去，总是那句话："没事，生命在于运动。"可对别人的身体、别人的病情，她却总是放在心上。车书记听一位老人说，前些日子李秋实给她打过电话，告诉她沈阳来大夫了，让她去复查眼病。老人又说，"你说她每天那么多事，那么忙，她怎能记住我这件事呢！"说着说着，老人的眼睛湿润了。车书记知道李秋实每天都在超负荷工作，太劳累了，有时就试探着说："秋实，你把工作节奏放松一点，不要老是那么疯狂，行不行？"她说："哎呀，不用，我这样心情特别好，一点儿也不觉得累。"车书记隐隐的有种感觉，她好像对这样的劝告不太耐烦，就赌气说她是神经病。她说："不是神经病，我是精神病，职业精神病。"对李秋实的突然离去，车书记总有一种愧疚："如果我的态度能坚决些，强迫她及时做些检查和治疗，也可能不会造成这个不可弥补的终生遗憾。"

李秋实的一生用一位退休的县人大常委会副主任的话来说有两个对得起，有两个对不起：对得起党和人民，对不起家人和她自己。有人说她傻，可她说无怨无悔。内科主任罗成信清楚地记得，1998年李秋实就已出现心律不齐，如果能够重视一点儿，就不会出事了。其实，李秋实在去世前两周的时候已经预付了动态心电图的费用，当时因别的患者需要，李秋实就把机会让了出去。等患者用完了，她又太忙，到去世也没做上心电图。

她在极度的劳累与忘我的工作中走完了生命的最后一程。

◎自己看病也交钱

大家说她："除了睡觉的时间外，其他时间都在想着工作。"

可她毕竟也是血肉之躯，也有得病的时候。

一个医院的院长，别说自己看病不用交钱，就是自己的直系亲属，似乎也应在免费的行列。

可她的丈夫和女儿到医院看病都像普通患者一样交费。就是身为院长的她，在去世的前几天，在大家的一再劝说下，准备做动态监控心电图，但因为忙，却终究没有戴上。

现在，这份自己交钱的收据，保留在李秋实纪念馆的墙上，每当看到这个收据，人们心里都有说不出的滋味。

在整理她的遗物时，同志们发现一张1994年2月24日本溪到阜新的火车票，据医院会计回忆，这张车票是她在本溪开会休息期间去婆婆家探亲的车票。回院时，在整理票据时会计要给她报销，她坚决不同意。她说这是办私事，不能用公款报销。

李秋实一向公就是公，私就是私，特别是对公家的东西，分毫不占。甚至有一些是可以正常享受的，她也不要。一次朱副院长问她，别人下乡都报补助费，你去六河乡为什么不报？对这个问题，她说，我是骑着自行车下去的，中午自己带饭吃，晚上再回来，这和常年通勤的同志有什么两样，对于这样的补助拿了总感到不合适。

李秋实原来住在县医院的职工住宅，后来因动迁，搬到比较远的一处小平房，1988年县委考虑到她是省、市劳动模范，责成县财政拿出一万元钱作为补贴为她调了一个50平方米的两室住房。那处房子她一直住到去世。这期间，县里批给她的购房款，她都给了困难职工。

她去世之后，人们发现她1993年6月13日写的一篇日记："我什么时候都心地坦然，我什么时候都不占公家和他人的任何便宜，廉洁是我的追求，是我其乐无穷、心情舒畅的资本。"这里面，透露出了她内心真实的感受。

她告诫班子成员："同我一起工作想捞取个人好处，谋取个人私利，你就别干了。"

与此相反，现在社会上有一种可怕的现象，那就是明知可恨的事情自己还干。

小的如公款吃喝。明明知道公款吃喝不对，可要遇到这样的场合，还是不由自主混迹其中。有的人甚至已经把在外面吃喝视为负担，但有人邀请，还是亲自去吃。以至于100多个文件都管不住一张嘴。

大的如腐败。比如私分公款，明明知道这有违规定，不符合要求，但还是笑纳不误。

其实，这现象非自今日始。早在40多年前的"文革"时代就有了

"走后门"之说，干部们把自己的子女通过关系弄到部队或是大学。这样做大家都痛恨，但如果有了机会，还是不肯错过。现在，许多没有经历过"文革"的人，错误地以为那时弊绝风清，没有腐败，实在是天大的误会。而且非常有意思的是由于对"走后门"反映太大，上面还专门发了一个文件，其中最为著名的话是，从后门进来的也有好人，从前门进来的也有坏人。这下子，走后门的找到了理论根据，致使此风流传至今不绝。

按理来说，知道一些事情不对，也就会自觉不做。也就是通常所说的道德让人不想做坏事。那么，为什么明明知道事不该做，人们还勉为其难或争先恐后地去做呢？

人们通常的理由大概是随大流。最简单的辩护词是"又不是我一个"。因为大家都知道法不责众，所以也就很坦然地跟大伙一起公款吃喝，以至于上面动真格不让吃了，有些人还有些不适应。都讨厌医生收红包，可自己的亲属动手术，还是不免想送。都憎恶说假话，可到了开会征求意见时，还是心里想的一样，嘴里说的另一样。另外，像搞形式主义、官僚主义、弄虚作假，人们也都是在这种心理支配下随波逐流同流合污的。

怕吃亏，也许是这样做的第二个理由。就像学生课业重，一写作业就到半夜，第二天上课直打瞌睡。人人希望减负，吵吵减负。可真让减了，学校不补课了，家长反而不干了，千方百计地四处给孩子补课。不是怕孩子闲着，而是怕吃亏。万一就我不补，别人都补了，我们孩子不就吃亏了吗。

怕孤立，也许是更为微妙的心理。有些事本来不想做，但一看别人都做了，就我不做，人家会说窝窝头翻个就显你大眼儿，一下子就把自己摆到大家对立面的位置。这样，以后别人有事防着你，一旦事情败露，你就成了第一个泄密怀疑对象。无形当中给自己树立了无数个对立面，自己明明洁身自好，却成了孤家寡人。

当然，也有保护自己的考虑。就像当年袁世凯要称帝，很多人都写了劝进信，这其中就有后来举起义旗的著名将军蔡锷。他这样做，也许就是出于保护自己的考虑。大家都劝进你不签名，那不明摆着是反对吗？这要让老袁知道岂不麻烦，于是也就凑个热闹。

当然，还有在威逼胁迫情况下，人出于不得已而做了自己痛恨的事。

不管出于何种原因，做自己痛恨的事，心里总是不会痛快，总让自己不痛快，时间长了容易坐病，谁愿意自己得病呢？

一个民族如果不从这人人共诛之、人人共为之的怪圈里跳出来，恐怕永远不会被人看得起。

◎《人民日报》关注她哪一点

李秋实逝世后，《人民日报》在2000年6月26日刊登了新华社记者于力、葛素红，《人民日报》记者李新彦的文章。他们在文章中没有过多地写李秋实平时怎样热心为患者服务的事情，而是把关注点投到李秋实一生最大的心愿，那就是为山区人民建一所最好的医院。文章写道：

李秋实是在光荣院长大的孤儿。1967年从卫生学校毕业后，她主动要求到贫困山村工作，她常说："我是桓仁人民养大的，要用一生报答他们。"30多年来，无论是当普通大夫，还是担任领导，她都一直在用行动实践着这一诺言。

1993年，李秋实走上领导岗位的第一件事就是改变了医院的作息时间，根据山区农民的劳作规律取消节假日、休息日，实行全科系24小时365天开诊；医院还为山区农民专门设立义务导诊咨询服务，解决就诊难问题；她还亲自带队利用业余时间深入偏远山区上门义诊；考虑到贫困山区的特点，医院取消了所有的可收可不收的收费项目。时至今日，桓仁县医院的收费执行的还是1995年以前的标准。

1993年以前，医院用于购买医疗设备投资不足60万元。在李秋实担任院长6年内，医院购买先进医疗设备的投资达825万元，增长了13倍，固定资产总额由1034万元增长到2000多万元，增长109%，医院总收入增长2.6倍。并开设肛肠科、血液专科、镶复科等科室，引进新技术、开展新项目103项，使医院在短短的时间里迈入辽宁省同级医院的先进行列。

她以自己的人格凝聚着全院干部职工的情感和力量。

在桓仁，县医院算是一个经济效益较好的单位，但是为了医院的发展，李秋实常常把一分钱掰成两半花。县医院领导没有配备小汽车，仅有的一部手机，谁出差谁用。李秋实出差不是挤公共汽车，就是搭乘县领导或外单位办事的车。她说，这样可以一举两得，坐大客车可以了解群众的反映，搭领导的车可以汇报工作。

在李秋实去世后，很多职工哭着说："李院长那么关心职工，可却没有收下职工的一分钱一件礼。"

在李秋实的影响下，医院严格落实规章制度，医院"吃回扣"的现象杜绝了，给患者开的"大药方"不见了，"拿红包"的情况没有了，医院职工的精神面貌改观了，桓仁县的父老乡亲们纷纷赞誉县医院是群众最信得过的医院。

她缝合了患者的伤口，也缝合了领导干部和群众之间的伤口。

◎一个患者眼中的院长

一个领导在部下眼中的印象和在陌生人眼中的印象是不同的，同样，一个医院的院长在医生护士眼中的印象和在患者眼中的印象也是不同的。而在这个不同之中，人们往往会体会出有趣的东西。

李秋实逝世前一周的一个下午，焉春月在爱人的搀扶下，第一次走进李秋实院长的办公室。李秋实像见到亲人一样，热情地给焉春月夫妻俩让座、倒水，问寒问暖。当得知焉春月最近身体恢复得很好时，李秋实欣慰地笑了。他们畅所欲言地谈了一个多小时。作为院长，李秋实对这次谈话非常重视，她把焉春月关于县医院发展的建议，都认真地记录下来，并告诉焉春月，以后一定要多为医院的发展提意见，焉春月点头说好。

有几次，焉春月看见李秋实上班是乘坐"三轮"或"板的'来的。下车后李秋实匆匆塞给车主车费，便直奔办公室，像是有什么重大事情正等她办。平日里，她步行上班，而且总是早来晚走，没有节假日、双休日。焉春月不止一次想：李院长为桓仁医疗卫生事业付出那么多，为什么不买台轿车，免得外出挤坐别人的车或乘公交车。带着疑虑，她在见到李秋实后便问了这个问题。李秋实笑着说："步行上下班已习惯了，能锻炼身体，增强体质，医院有救护车就够用了，车大可以多坐人，使用很方便。"

一次，在住院部5楼，焉春月遇见了在检查工作的李秋实，没唠上几句话，李秋实的传呼机响了起来。李秋实歉意地笑道：我下楼回个电话，以后再唠。"焉春月问："李院长，你怎么不配个手机呢？"李秋实说："配手机没有那个必要。除了外出，我其余的时间都在岗位上，找我很容易。"说着，便匆匆走向楼梯。焉春月喊道："你坐电梯多快。""不用了，我走着下去就行了。电梯是为患者服务的。"话未说完，她已走下楼梯。

◎5年监狱没改造好的人

1993年，李秋实已当了两年院长，所有吃请的事都被她婉言谢绝了。6月13日下午，有个职工找到李秋实，对她说："李姨，我求您帮个忙，喝羊汤，答谢关心我的领导和个人，请您陪同。"问她能不能去。

这一次她破例答应了，回答那个人说能去。那天她按时到场，到场的人受宠若惊。

她第一次被请到个人家吃饭，有些人觉得奇怪，但李秋实觉得这是特殊需要。她觉得请客的人过去走过一段弯路，蹲过5年监狱，要重新开始人生之路，他需要洒满阳光的爱。李秋实要利用这个机会与他交流思想，让他真正成为浪子回头金不换的人。于是李秋实立即抓住机会，提出两个要求：一是一定要走正路，说真话；二是你有错的事情我一定要管，但管的事情也可能有出入，如果管错了就改正，正确的东西一定要听。那个人接受了。

李秋实在当晚的日记中写道："廉洁是我的追求，是我其乐无穷、心情舒畅的资本。我追求真、善、美的东西，为人正直善良是我的本性。

心地坦然。什么时候都心地坦然，什么时候都不占公家和他人的任何便宜。因为是院长，要为组织负责，也为个人负责。"

那个职工，30多岁。他的一份荣耀是他的父亲曾经是县医院的老院长，在解放战争的岁月里，曾为共和国的诞生浴血战斗过。而这壮汉自己却在人生观上出了毛病。他很直率，在座谈会上先报大名，然后就说自己住过监狱。1991年重回镇里医院干零活，一个月收入50元钱，不够生活费他就小偷小摸，用他的话说，偷的技巧越来越高，对付公安的办法越来越多。一句话，就是依然我行我素。李秋实了解到壮汉的情况，想到他是老院长的后代，便主动找到他，建议他到县卫生局去找一找，县医院可以接受他。从镇医院到县医院，又是一个有过劣迹的人，谈何容易！

壮汉个人经几次努力也没有办成，他也就灰心了。李秋实鼓励他别放弃，让他找到当年他父亲出任县医院院长的委任状，李秋实拿着这份有历史价值的证件，找到县委、县政府有关领导，希望他们照顾一下与医院有着特殊联系、又这么有特殊背景的人，这壮汉终于被特批录用为县医院的正式职工。李秋实给壮汉介绍了对象，并由她主持婚礼。

1996年，桓仁发大水，壮汉的房子被冲坏，李秋实到民政局给他要来一笔修房费。当他砌墙时，财力不够，李秋实来他家看了看，拿出自己的工资，给了壮汉1000元钱。壮汉在座谈会上说："5年监狱生活没改造好我，院长的母爱心肠却感化了我，我一想要办坏事，就想起了李院长，我再不学好对不起她，这些年来我一直努力工作，再没办过坏事。男儿有泪不轻弹，可是李院长去世我却哭了，我看着挂在灵堂前的一个个挽联，那正是我们院长伟大人生的写照，灵堂前不安排收礼的，但我也要花100元钱，给我们的院长买一束鲜花，表达我的一点心意。"

◎舞星为何蹬"板的"

前面提到向李秋实借稿纸的朱立志，是县医院的工作人员，多才多艺，口才、文采都不错。他迷恋跳舞，跳出桓仁一流水平，被人们称为舞星；他迷恋打麻将，也是"麻场"上的一名高手。但是危机也相伴而来了：天天家里老婆哭孩子叫，妻子提出了离婚。李秋实得知了这一信息，就把朱立志叫到办公室，同他谈话。

李秋实说："小朱，听说你迷恋打麻将？"朱立志没敢承认："没，没有。"李秋实不客气地说："怎么没有，媳妇都要离婚了，还不引起你的重视！"朱立志吞吞吐吐地说："我才打一毛钱的。"李秋实说："今天一毛，明天就一元。输了钱，又没钱，你就要找来钱的路，犯罪就等着你。有多少人因为赌博而家破人亡呀！你还是什么国标舞星，怎能把全部业余时间用到毫无意义的低俗生活里！"朱立志不服："我这么多业余时间，文化少，看书看不进去，不玩玩干啥去？"李秋实说："我希望你转变一下人生观和价值观，你最好用业余时间去蹬'板的'。"

朱立志来气了，认为李秋实是在羞辱他，扭身就走了。过了些天李秋实再询问蹬"板的"的事，朱立志一气之下就做了个"板的"蹬起来。头一天穿着西装革履上路，一分钱没挣着，李秋实说："不奇怪，因为你不诚心蹬车，也就没有人坐你的'板的'。"第二天朱立志换上了旧衣裳，但是见着熟人就捂脸，李秋实告诉他，这还不是诚心蹬车。一些蹬"板的"的人也开导他：这是一些人下岗后的谋生之路，既为国家分忧，也给家庭解困，没什么见不得人的。小朱发现，蹬"板的"的人中有不少人原来的工作比他优越，各方面的知识比他丰富，人家能从从容容地蹬"板的"，干吗就自己觉得掉价呢？多年来，他在院长身边耳濡目染，也常学院长做助人为乐做好事。他有时拉老人坐车就不要钱，老人们感谢他、夸奖他，他感受到一种人生价值的升华。这时老婆也不哭、孩子也不叫了，他又找回一度失去的家庭幸福，这时他明白了秋实院长为什么让他蹬"板的"。

李秋实去世他开始不知道，是在买烟的时候听小商店的人说的。一听这消息他急忙跑到医院里，灵堂都搭起来了，一看挽联，确是写着秋实院长，就跪到灵堂前，一边痛哭，一边往水泥地上撞头，喊着："院长，不如我替你去死，你活着，还能帮助多少迷路的人，你活着还能救治多少生病的人！"秋实院长离去100多天了，他天天难以从痛苦中解脱，常常一个人蹬着'板的'上山去，给院长送冰灯，给院长送鲜花。他特别愿意晚上去，一个人坐在墓前，让院长看看他的'板的'，和院长说说话。有一天晚上，看到有人在偷盗墓后的松树，上前去制止。这两个人上前威胁，说他要敢管，他们就收拾他。他大喝一声："你们看，我身边就是李秋实院长，我惧怕你们什么！你们赶紧把国家资财放下，不然我绝不会放过你们！"朱立志的大义凛然吓住两个盗木者，他们灰溜溜地跑掉了。

◎党课的事她也操心

李秋实与人打交道总是亲切而又自然，仿佛你是她多年的旧识或是朋友。1999年七一前的一天，李秋实匆匆来到县委宣传部，看到了万广琴、王文库，一见面就亲切地称呼他们万老师、王老师。她说县医院要在七一期间召开一次党的宗旨教育大会，要他们去给讲一次课。希望这次课能够就人们的思想问题谈一些深层次的看法，使每个党员都能做到爱院如家、爱岗敬业，自觉履行党的宗旨，使人民群众特别是患者满意，使医院职工的精神面貌成为山城一道亮丽的风景。

几天后，李秋实再次来到他们办公室，告诉他们党课时间是七月一日下午，听课的是医院的全体党员和入党积极分子。她说要接他们去，并特别强调一定要结合实际有针对性地讲。

去的那天，李院长屋里坐着几个人，李秋实微笑着招呼老师们先坐。继续给屋里人交代工作，把屋里人送走，又打了几个电话。忙完之后她开始介绍医院的情况。说医院里党员职工面貌都很好，在工作中党员发挥了积极的作用，但也有个别党员在荣誉面前不能正确对待，在一次先进评比中，结果是班子里的一位成员让出了名额。现在医疗改革在即，医药即将分家，这对医院来说是严峻的考验，出路只有一条，不断提高医疗服务水平和服务质量。要把医院建设成公有制的信誉、个体户的热情、外企式的管理为一体的现代化医院，让全县人民满意。因为人民满意是最高标准，老百姓心中的那杆秤误差最小，等等。

讲课老师被她的讲述深深吸引了。当问她可不可以拿她的模范事迹作事例时，她坚决拒绝，说你们是我请来的，一定不要夸我，再说我做的还很不够，你们可以拿吴登云的事迹作例子。接着谈到人生的有关话题，她说，当初县医院经济效益不理想的时候，有的人就跳槽调到好单位去了，而她当时只有一个想法，在哪里能学到技术就在哪干，不能目光短浅，只见眼前的粗面饼子，而远处的金块银块却看不见，什么是最大的浪费，耽误时间是最大的浪费，一定要珍惜时间。我们既要恨腐败，又要拒腐蚀，要从自身做起。说生活像镜子，你阴它就阴，你阳它就阳。

讲课时，李院长很早就在医院门口等候。讲课过程中，李秋实听得很认真，上完课后，她脸上的笑容让老师如释重负。

现在的社会变得复杂，变得让人们有些六神无主无所适从，对社会上的种种不如人意的事情，诸如道德滑坡、弄虚作假、形式主义，人们议论纷纷，却又觉得无可奈何。可埋怨、叹息都于事无补，只有每个人都从自身做起，把自己管理好。看别人见死不救，你去救一下；看别人弄虚作假，你不去弄；看别人搞形式主义你不去搞，社会庶乎有救。

个人的能力是有限的，大的环境我们可能无能为力，但小的环境是可以造就的。李秋实在担任院长后就靠规章制度和个人率先垂范，净化了医院的小环境。一个一个小环境净化了，大环境也应该会有所改善。总不能把所有的问题都归咎于大环境，让自己变得无所作为，坐看人心一点点流失。

◎李秋实生命的最后几天

桓仁县委一位领导说："秋实来到世上，就是为了奉献。"李秋实把全部的生命投入到了工作当中，熟悉她的人都说，她走路都一溜小跑。财务科长刘淑英说："李院长除了睡觉都在想工作。别人上班8小时，她至少十几个小时，常常晚上九十点才回家，抹过头又回医院病房，直到深夜。"

李秋实一直都在超负荷地工作，经过几年的努力，医院的年收入已达到2400万元，医院管理全部实行了微机网络化。可李秋实并不满足，她正在规划医院未来的发展，计划2000年业务总收入要突破4000万元，并建一座职工活动中心，为职工提供一流的图书馆、健身房；再经过几年的努力，把县医院建设成为全国县级一流医院。可是这些计划都没来得及实施，她就离开了。她是在极度的劳累与忘我的工作中走完了生命的最后一程。

终于在连续一周的超负荷工作后，她倒在了工作岗位上。

让我们翻开她去世前最后一周的日历：

1999年12月22日至24日，李秋实到沈阳联系购买电梯设备的3天时间里，与中国医科大学教授进行了一次学术交流；与沈阳电梯厂洽谈草签了一份医院电梯改造供货合同；还抽空专程赶到五爱市场为医院年终总结会购置奖品。

25日，星期六。早5点30分，李秋实从沈阳往桓仁返，到桓仁中午11点，她只吃了一顿盒饭，就开始同北京的微机厂家洽谈设备购置的有关合同事宜，直到晚间8点30分。

26日，星期天。李秋实送走了来院投招标的同志，又同前来设计电梯施工方案的客人忙碌了一上午。下午，修改医院年终总结。

27日，星期一。上午，李秋实一份份地看职工的年终总结，查一次房；下午1点，和班子成员研究微机订货方案。3点，开班子办公会。晚上又做了一例儿童喉部手术，回家已是半夜。

28日，星期二。上午，到公安局联系为经常"蹲坑"的干警们进行急性出血热普查。中午做了一例手术。然后继续翻看职工总结。下午，主持召开总务科长竞聘会。6点会议结束，又和刘吉英一起去看望了一位外伤并发出血热患者，离开医院已是夜里11点半。

29日，星期三。李秋实生命的最后一天。早晨4点，她起床写工作总结。上午，带人布置总结会场；中午，李秋实匆匆赶回家，泡一碗方便面，吃了不到三分之一；下午1点，她找院报编辑，了解全年精神文明建设情况；下午2点，召开总结表彰会的预备会议，由于李秋实3点钟要到县人大开会，所以她先对先进工作者讲了几点希望，讲到第三点发扬奉献精神时，李秋实突然脸色发青，倒在了椅子上。

◎药价那些事

20世纪90年代，药价突然引起了人们的强烈关注。那时的药价可以说是翻着跟头往上蹿。

据业内人士透露，相比药店零售而言，医院开药的中间环节要复杂得多。一般情况下，厂家需聘请医药代表或业务，由他们负责向各医院进行公关。一所医院需要攻下的关口至少有：医院负责人、负责进药的主管和经办人、相关科室负责人和医生。每个关口都要暗地里奉送一定的回扣，从2个百分点到15个百分点不等。

药品购销价格和质量是医院管理的一个热点问题。为了具体掌握其中的实际情况，李秋实先后8次跟随采购员外出购药。有两次，她还把在县药检所工作、有丰富药检经验的丈夫王志成拽着为他们把关。每次进药，她都要求对方把回扣等一切费用从价格中除掉，使药品价格降到最低点。

李秋实在短暂的生命旅程中，始终视人民为亲人，她挂在嘴边的一句话是："咱们医院是人民医院，不是人民币医院。"所以她当院长后，为了让患者买到最便宜的药，严把进药关，多次带业务员出去考察，明确规定回扣必须打进药费里。作为一个拥有500多名职工的医院，配置一辆小车并不过分，但秋实坚决不同意这样做，她认为钱要用在刀刃上，用在医疗设备的购置上。前几年，与县医院有很多业务往来的某药厂要给医院提供一台轿车，秋实却表示，现在医院经济困难，领导没有资格坐轿车。最终这笔钱又变成了医疗设备。1999年年末，为了接送急重症患者，医院添置了一台救护车，秋实满足地说，以后出门办事，也能坐咱们自己的车了。可是，车提回来，秋实还没坐过一次，就永远地走了。

冯凯文是丈夫的二妹夫，他说他与李秋实相识22年，却只见过三四次面。3年前，在阜新市药厂做销售员的一名同学知道冯凯文与李秋实是亲属，也知道李秋实是院长，便找到冯凯文。冯凯文给他写了张字条，说："李秋实肯定接待，但你想做点什么手脚，就别去了。"这位同学到了桓仁，回来后，对冯凯文说："这真是共产党员，真能砍价，给回扣她也要，却交给了医院。"

王志成说，我同学不少在药厂当厂长，他们也常到我家来推销药品，虽然是我同学，但价格如果高了，李秋实也坚决不要。

青霉素有一段供应紧张，李秋实就求王志成到朝阳药厂找熟人买药。当时坐个大半截子货车，朝阳的风沙也不知怎么那么大，沙子把车窗打得砰砰响。销售完可以自己提成，但李秋实不干，一定要买最低价，她不能容忍把药价加在患者头上。

现在，药价终于放开了。"一旦要素价格实现了市场化，政府官员就不可能再去控制资源、控制经济，自然也就断了贪污寻租的财路，哪一个愿意自废武功，自断财路呢？这就是要素价格改革的真正困难所在。"这段话言犹在耳，中新网北京2015年5月5日电国家发改委5日发布消息称，将取消政府为绝大部分药品设置的最高限价，未来中国药品价格将主要由市场竞争来形成。

◎一座建筑　多年梦魇

李秋实上任这一年，开工一年多的县医院新楼宣告竣工。本来这是一件令人欢天喜地的事，可它却像梦魇一样，一连几年折磨着李秋实。

桓仁地处辽东偏远山区，地区经济非常薄弱，当时属于贫困县，往外走没有火车，主要靠汽车，当时路况不好，从县里到本溪市得四五个小时，到沈阳得六七个小时，如果有了急病想到市里，恐怕就耽误了。在这种情况下，为了改善山区人民看病难的问题，社会各界和各级领导多方筹集资金，总共投入了一千多万元，这在当时可不是个小数。一个医院，一个学校，一个以病人为主，一个以学生为主，这两种人待的地方，不说要固若金汤，也得结结实实，怎么也不能像达摩克利斯之剑，随时会落下来。

从打地基那天开始，人们就一直关注着这座新的建筑，眼看它一点点长高，看着它封顶，看着它安上了透明的玻璃，看着它披上了外套。甚至猜想着将来自己在哪一层工作。明亮的阳光照着，在宽敞的房间里给病人看病，是件多么美妙的事情。这么大的楼，比起市里的医院也差不了多少。

小县城里没有多少娱乐的地方，突然有了这么大的工程，而且和每一个人都息息相关，人们就好像看一场球赛一样，始终兴致不减。

看着，盼着，大楼落成的鞭炮声就响起来了。

看着那崭新的外观，人们那个兴奋，东瞅瞅西看看，好像打量一个分别已久的孩子，怎么看也看不够。人们的脸上都挂着微笑，就像给孩子办婚礼、给老人祝寿，那喜悦是发自内心的。

可看着看着，人们的笑容就收起来了。不但笑容收起来了，甚至哭的心都有了。

竣工时正是雨季，一场雨过后忽然发现洁白的墙壁上出现了一道道水痕，像初练毛笔字的人把一张洁白的宣纸弄得尽是墨痕。那一道道痕迹仿佛指路的手指，把人引向贮藏易燃易爆品的地下室。人们一看全都惊呆了，那哪里是贮藏室，简直就是洗澡堂，满屋子都是水，人都进不去了。后来，人们找来卷尺一量，水深1.3米，如果里面没装东西，完全可以在里面游泳。

如果光是一个地方漏雨也许还好办，人们仔细一看才发现，整个一座楼，除一个厕所一个水池外，其余全部渗漏。

漏水流进手术器械柜内使给病人手术用的器械被污染，有的甚至生了锈。由于漏水使供电短路，无影灯、双极电凝、电钻都损坏了。各个房间室外大雨，室内小雨，室外雨停，室内仍在下。

不管怎么漏雨，病人还是照样生病，无奈之下还得手术，手术必须要在无菌的环境下进行，除了战争年代和大地震，否则人们绝不会在漏雨的屋子里进行手术。

可在新建起的桓仁人民医院手术室就出现了这样的奇观，一个急症病人做手术，正赶上下雨，手术室里不停地滴水，实在没有办法，医护人员只好找来一块塑料布，几个人一人扯一个角，免得水落在病人和手术医生的身上。

由漏雨开始，他们不断地发现新的问题。

为了防辐射、X光室所有门设计为铅芯门，而建筑方为了省钱，竟擅自用铁皮门代替了防辐射的铅芯门。

本来医院用的电梯应该是医用电梯，他们设计中规定用天津TB10AS型医用电梯，可建筑方没经过请示，擅自用已淘汰的沈阳产TBOA型电梯来代替，经常用着用着就出毛病，或者干脆罢工，有时走到一半就停运。虽然投入大量资金人力，仍不能使之正常运转。

框、扇、门本来应该用松木，可建筑方私自用杂木代替松木，造成框、扇、门等扭曲变形。

所有这些，都让刚刚上任的李秋实心急如焚。她为了弄清楚建筑的所有问题，聘请了资深的工程检验人员来检查整个建筑的质量问题。

检查结果让检查人员目瞪口呆，他们几乎不敢相信自己的检查结果。

但又不能不如实地写下检验的结果：

工程质量问题累累，严重危及了结构安全，并已成为重大事故隐患。

（一）混凝土质量问题尤为严重，如，混凝土强度低，与设计标准相差甚远，出现了断梁、断柱，出现了裂缝梁和柱。有的梁不是由钢筋混凝土构成，而是由废铁丝和砖抹水泥构成。这些问题占鉴定机关随机抽样的一半。

（二）砌体砂浆强度低，受检工程除门诊楼的第三层能满足设计要求外，其余均不符合设计要求，有的强度甚至是零，如病房第六层强度是零。由于砂浆强度低，现门诊楼和病房楼进深梁两端的多数墙体已裂缝。裂缝处的砖已被拉断，裂缝在不断扩大。这种情况严重地破坏了墙体，已成为重大事故隐患。

墙体里外抹灰违反设计要求，强度极低，有的已是零。甚至不如泥土的黏结力。在保修期内就已大面积脱落，因此，形成了此修彼落。现在仍在继续脱落。这种情况只有全部剥落重新返工，方能解决问题。

有的工程已成为不能使用的一次性报废工程。如，病房楼室内管道地沟工程，由于施工质量低劣，竟将混凝土桩打偏，打进了地沟中部，而桩的直径达400毫米，因此，除去管道和桩所占的空间外，根本进不去人，只能一次性报废。

甚至设计规定的地面上5毫米的玻璃分隔条，都变成了3毫米的。

看到这样的检验结果，不仅检验人员目瞪口呆，几乎所有人都目瞪口呆了。

令人哭笑不得的是，如此工程竟然被评为"市优"，不知颁发此奖的人检没检验一下，也许就在办公室里看一看建筑方自吹自擂的检验报告，然后就在觥筹交错中答应了建筑方的请求，骗了无数外行的人们。

县医院多次要求对建筑进行加固和维修，可建筑方理直气壮地置之不理。

李秋实面对这样的情况首先决定停止支付工程的后期拨款78万元，然后再说别的。然后再说别的，就意味着要和建筑方打官司。

可真应了一句老话，恶人先告状。

建筑方一看医院不给他们拨付工程款，就一纸诉状先把医院告上了法庭。诉状中说，工程已经交付使用，院方已经验收。并把验收的证明交到法庭上。

县医院的这场建筑质量官司，法官审阅了建筑方的诉状，发现他们没有造假，医院方面确实在验收人的地方都签下了自己的名字。

于是，法院给医院下了传票，不得已，李秋实亲自出马应诉。

在法庭上，法官问李秋实，为什么不付原告的建筑工程款，李秋实说，工程质量问题太大，不能拨款。

法官就问李秋实，既然工程问题这么多，为什么验收单上你们都签了字？

李秋实坦率回答，我们确实在验收单上签了字，当然，验收人不是我。验收的人都是一些过去的医护人员，俗话说隔行如隔山，我们这些外行当时也只是看一下外观，我们也看不到他们用铁丝代替钢筋，看不到房顶漏不漏雨，我们也不能把墙皮扒开，看看里面砂浆强度够不够。再说工程质量暴露也需要一定时间。

李秋实说，被告工作人员均是医生，不懂得施工技术标准等常识，原告正是利用被告这一弱点，隐瞒真实情况，被告信以为真而签字同意。如，门诊楼设计要求珍珠岩为150毫米厚，而实际仅有15毫米厚。原告在施工验收检查记录上签字是150毫米厚，被告信以为真也签字"同意"。制剂楼设计规定是1：12水泥珍珠岩100毫米厚，实际一粒珍珠岩也没有。原告签字是按图纸符合设计要求，被告也签字"同意"。这足以说明，被告签字是原告欺诈行为的结果。

李秋实在法庭上侃侃而谈，指斥原告弄虚作假，骗取质检合格证。如，混凝土工程，原告将制作的"试块样品"交由质检部门测定为合格，而在实际施工中却与试块样品大相径庭，技术报告对此测定就是有力证明。原告对此签字，被告信以为真也签字"同意"。

根据《工程保修办法》规定，施工单位对交付的工于工程中的土建工程仍有一年的保修义务。这是法定义务，也是保修合同的期限。原告对工程的保修期限自1993年10月27日始至1994年10月28日止。自接收工程始，被告就工程质量问题多次向县政府、县人大提出解决问题的请求，因原告不尽维修义务，所以被告拒绝支付工程款。1995年1月28日双方又达成了维修协议，然而原告又翻悔，不再履行维修义务，因此，被告拒绝支付工程款后，原告向法院起诉。

本来，李秋实是个低调的人，有记者采访常常被她拒绝，总是让人采访老同志或是有作为的年轻人，她是多年的省人大代表，但她从不像有些不良代表，动辄掏出代表证来吓唬要告他或制裁他的人或单位。李秋实对这些人从心里鄙夷。但这次打官司为了单位的利益，逼得她亮出了代表的身份。她以院长和人大代表的双重身份给当时的法院院长写信，希望他能秉公断案。

本以为这下子问题就会迎刃而解，毕竟一个县里的工程由省里的权威监测机构鉴定，权威性没的说，结论应该是合适的恰当的。可好事多磨官司也多磨，那家建筑公司不知出于什么考虑，提出向县法院撤诉而向市法院起诉。这里面不知藏着什么猫腻。当得知这一情况后，李秋实即向市法院承办人提出，县法院已委托了省鉴定机关，市法院应该了解省里权威机构的鉴定。可出人意料的是市法院的承办人在鉴定结果尚未做出前，就明确表态不承认辽宁省质量监测中心的鉴定。反而又违背法律程序急匆匆地以市法院名义委托市工程质量监督站来做鉴定。而这个工程质量监督站恰恰是给这个工程评为"市优"的那个单位，这差不多等于让阎王捉拿小鬼，怎么会客观公正。明眼人一下子就看出，这个官司有点凶多吉少。

当我们与他人、单位或者是政府管理部门发生争议，或者就某事谈不拢时，我们知道可以和他打官司，不管对方是个人，还是政府，经过法院判决后，就再也没有其他地方可以寻求救济。所以法院也有了社会正义最后一道防线之说。

但法院办案也得考虑成本问题，比如说偏远山区（山高人稀的地方）的赡养案件，法庭就不敢多受理，一则赡养案件收费较低，再则去一趟费用不仅高，而且耗时间，而且这类家庭里几乎拿不出多少现金来。结案收取的费用不够，不足的全部要法庭自己贴，这更使法庭窘迫的办案经费雪上加霜；这使法院的人、财、物受制于地方政府，办案经费有限，有的地方财政只管"人头费"（即工资），就算将来真的让法院自己管理人、财、物，恐怕也只是另一种行政管理模式而已；再者我国的人情观念有悠久的历史，常常"有权力的送上门；有本事的开后门；有关系的人托人，平头百姓望着天安门。"

根据这些情况，李秋实找到了熟悉工程的法律界人士，咨询对这一情况的对策。经过他们大量的研究，他们从监督站的工作权限入手，对由市工程监督站推翻省监测中心的做法提出异议。

关于监督站的工作程序和内容，国家建设部〔1990〕建字151号文件有明确规定，监督站的工作程序和内容是对在建工程进行监督。我市工程质量监督站的鉴定不具有法律效力。据《建设工程质量检测工作的规定》，省级工程质量监测单位是法定的监测机构，辽宁省工程质量检测中心是法定检测机构，具有对县级工程监测的资质。对他的鉴定提出异议，要重新鉴定，只能由国家检测中心进行重新鉴定。决不能委托市以下单位进行。更不能委托非法定检测单位进行鉴定。对于有严重质量问题的工程，县医院拒绝在验收报告中签字，市质量监督站却将它核验为优质工程。因此，市质量监督站是责任者，是利害关系人，无权对这一争议的工程再做出鉴定。由于市工程质量监督站是本案的责任者，其做出的技术报告明显违背事实，显然会有失公正。

辽宁省工程质量检测中心进行现场检查，测试近一个半月的时间做出了技术报告。而市质量监督站仅用肉眼观察，凭感官认识，仅检查了数个小时就做出了技术报告。省的报告靠设备进行测试，该质量监督站未用任何设备测试，凭走马观花的感官印象进行判断。由于这样的态度，就得出了许多让人觉得荒唐的结论。厕所、洗漱间干粘石脱落原因，该报告称"桓仁多产细砂，细砂用于外墙抹灰是常见的"。按这一逻辑，多产黄泥的地区，楼房外墙抹灰就可以用黄泥，显然这一逻辑是荒谬的。又如，厕所等地方干粘石脱落的原因，该技术报告认为是"跑、冒、滴、漏"造成的。为什么"跑、冒、滴、漏"，该报告认力"有的医院工程交付使用后，多数是患者将杂物倾倒下水道造成的，致使堵塞，排水不畅，室内积水。"又称"使用塑料管下水道因排放50度以上热水导致漏水等，浸润外墙而造成的。"这个逻辑公式是，环境污染不是大量汽车排尾气造成的，而是骑自行车的人造成的。这种利害关系人所作的技术报告成了人们的笑谈。

县医院向市法院提起反诉，市中级法院多次开庭审理，又几次调解，但双方都不让步，拖了一年多的时间，事情仍然仿佛陷进泥潭的轮子，不见出来的希望。

1996年6月12日，李秋实给县委、县政府打了一个报告。后来她又向县政府打了一个报告，并抄报了县法院、县委、县人大、县政协、县建委、卫生局。

李秋实与施工方打了长达3年多的工程质量官司。在这3年里，她吃不下饭，睡不好觉，总担心劣质工程危及医患人员的人身安全，她眼前动不动就会出现墙皮脱落砸到人头的画面。

一天，一个熟人劝她官司不要打了，理由是，为了公家的事得罪那么多人，遭那么多罪，不值得。李秋实说："一个贫困县建一座新医院多不容易啊。如果是我个人的事情，我就不去耗费那个精力，得罪那些人了。但这是老百姓的事，我不能不管。"为了医院的工程质量官司，她曾遭到多少白眼，受了多少委屈，谁也说不清，很少流泪的她还曾经为此痛哭流涕。

对手是强大的，有来头，有背景，气势汹汹。实在没理了，又企图抹平，要求撤诉。李秋实就是不答应。她说，医院是啥地方，人命关天，工程质量关系到老百姓的生命安全，我没法子，我只有打到底了。

她不惧法官，不为说情者所动，也不怕威胁利诱。一天下午，她办公室进来一个人，悄悄对她说："给你100万，官司别打了，你考虑一下。"李秋实铁青着脸，不屑一顾。告诉那个人，这不可能。

官司一度要败诉了，李秋实的身体也快扛不住了，包工头暗暗高兴。李秋实不服气地说："就是败诉了我也要败个明白！"

她就这样一直顶到胜诉，返工。包工头说，过去，我一直不信有这种人，现在我信了。

3年里，她三天两头往本溪和沈阳跑，争取社会各界的理解与支持。为这，她没少受委屈，也承受了很多痛苦。有次咨询案件完毕，李秋实边想事儿边下楼，一不小心摔了下去，10分钟没站起来。在场的人都吓呆了，好一会儿才敢扶着她缓缓站起，后来一检查，腿没事，手腕却骨裂了。她到医院进行了简单治疗就又开始了奔忙。

李秋实一次次往返于沈阳、本溪和桓仁之间，晕车晕得胆汁都吐出来了，在法院受尽白眼和奚落，有两次累得晕倒在楼梯上。一年过去了，没有结果。两年过去了，还没有结果。有人对秋实说，算了吧，这又不是你自己的事，当初建楼时又不是你负责，何必把自己的命搭上？李秋实却说，全县人民就这一所医院，这样的楼谁敢来治病？另外，交质量鉴定费那20万元，是全院职工的血汗钱啊。

官司的进展牵动着全县人民的心，县五大班子领导十分重视，他们多方奔走，呼吁有关部门尽快解决。奇怪的是，又一年过去了，事情仍然没有进展。秋实的脸日益消瘦，县里的领导们震怒了，他们不约而同地表示："宁可官不做，也要把官司打到底！"1999年春，秋实终于赢了，对方出资300万元对大楼进行重新加固，险情得以解除。

从1994年开始发生医院楼建筑纠纷到对方答应加固维修直到正式验收，整整6个年头。如果一届班子时限为4年的话，李秋实几乎在一个任期内都在被这座劣质的大楼折磨，这6年，像梦魇一样挥之不去。

这场官司历尽曲折，终于打赢了。医院职工都说："除了李秋实，别人谁也没有这个勇气和毅力。她自己要不干净，就没有勇气打，要不是把集体的利益放在心上，她也不会那么不屈不挠地打。"

历尽磨难，官司赢了，当然要庆祝一下。李秋实请来了帮他们打官司的律师，丈夫拿出1992年一位山东同学送他的一瓶郎酒，找了一个小饭店，开心地喝了一顿。

后来，按规定，建筑方给医院的大楼进行了加固维修，1999年10月总算竣工，李秋实在县医院加固维修验收会上作了演讲，她充满激情地说道：

县医院加固维修全过程，使县医院经历了生存与转折的震撼，全院职工清醒认识到加固维修给医院造成的巨大损失，甚至这种损失会带来砸自己饭碗的严重后果。全院职工面对现实，齐心协力，在加固维修过程中，迸发出前所未有的凝聚力和向心力，先后6次大搬迁，人人参与，起早贪黑，上下夜班不休息，有的带病坚持搬迁，就连年近六旬的老同志也是楼上楼下，汗流浃背。有的科室人员少，家属就主动帮助搬迁，最让人感动的是在前来帮助搬迁的家属中竟有一位怀孕4个月的女同志也和大家一起干。通过病房门诊楼加固维修中的6次大搬迁，全院职工基本素质又一次得到升华，体现了县医院职工极强的主人翁责任感，再一次展现出我院职工的新的精神风貌。与此同时，医院工程因质量问题加固维修也给全县30万父老乡亲就医带来了极大的困难与不便，在此对支持县医院工作的全县人民深表歉意，并致以诚挚的感谢！加固维修，科室合并，病种复杂，工作环境差，特别是炎热盛夏，室外机器震耳欲聋，室内走廊住满患者，拥挤嘈杂，房间闷热等等，医护人员克服各种难以想象的困难，充分发挥医院功能，使患者得到最佳的治疗，尤其是在手术室加固维修的3个月中，手术室、麻醉科及外科系统的医务人员，在设备简陋的病房，担责任担风险，克服重重困难，成功地完成425例手术，无一例感染与纠纷，在县医院医疗史上创造出新的奇迹，谱写出了新的篇章。

假如李秋实这场官司没有胜诉，医院就无法正常工作；假如李秋实没有胜诉，几年后发生在浙江奉化的塌楼事件就可能发生在桓仁。

奉化塌楼有这样的报道："打开门，楼梯没了。"

宁波市房屋建筑设计专家对现场进行勘察后，初步认定是施工方选用的建筑材料不过关、用料不足，建筑过程中存在不规范导致。也因此，西溪路的这栋房子被附近的居民们称作"楼脆脆"。

时隔3年，2012年12月16日12时10分，浙江省宁波市江东区徐戎三村2号居民楼突然倒塌。事故造成两人被困，其中一名被困人员脱险后经抢救无效死亡。

经过近一年的调查，官方公布了调查结果，其中，倒塌楼房"防潮层施工不规范"为主要原因。因此，居民们也给这栋楼起了个"雅号"，名为"楼湿湿"。

与此同时，应引起注意的是，不仅仅是在奉化，在其他很多城市，也在陆续出现着"壮年楼房"频成事故主角的现象。《中国青年报》4月7日的相关调查中显示：

2009年9月5日，宁波市锦屏街道南门社区的一幢5层居民楼突然倒塌；

2012年12月16日，交付20余年的宁波市江东区徐戎三村2幢楼发生倒塌，造成1死1伤；

2013年3月28日，浙江绍兴市越城区城南街道外山新村，一幢四层楼的民房倒塌。据称，这幢房子建于上世纪90年代初期；

2013年5月，福建福州市一栋建于上世纪70年代的建筑突然坍塌。当地部门称，由于大楼楼体陈旧，正在进行装修……

按照我国《民用建筑设计通则》的规定，一般性建筑的耐久年限为50年到100年。然而，现实生活中，很多建筑的实际寿命与设计通则的要求有相当大的距离。

如今，许多楼房的建筑年龄已经陆续达到20年、30年。新华社甚至在评论中直言，如今一些城市良莠不齐的建筑已经开始进入了"质量报复周期"。如此看来，4月4日浙江奉化的塌楼事件，的确称得上只是"冰山一角"。

人们不禁会问，谁缩短了房屋的寿命？

杭州土木建筑学会副秘书长陈旭伟认为，需要从规划设计、建筑质量和实际使用三方面进行评估。

"不可否认，改革开放后，为了解决老百姓住的问题，很多地方确实建造了一批快餐式的房子。"陈旭伟说。一些业内人士表示，上世纪八九十年代，市场经济刚刚起步，由于规范标准体系跟不上建设速度，很多建筑工人甚至来不及学习建筑常识，就从"稻田"直接上了脚手架。加上技术和资金方面的原因，建筑工程质量很难得到保证。

此外，考虑到建筑成本，当时一些结构应该采用钢筋和水泥的地方或减少或取消，甚至以泥浆代替水泥砂浆使用。

在我国，破墙开店、野蛮装修屡见不鲜，也为日后房屋坍塌埋下隐患。浙江中设工程设计有限公司建筑师吴正群指出，砖混结构是一种"免疫力"很低的结构，往往看起来很强壮，但内里已经千疮百孔。

但如今，这种"毁灭性"的进程依然在继续。4月8日，英国《金融时报》中文网的专栏作家叶檀在微博中发表了一篇题目为"谁为低劣建筑买单"的文章，文中称，近20年来，中国在城镇化的过程中，房地产投资以几何级数增长。据国家统计局固定资产投资统计司的数据，从1981年投资149.23亿元上升到1991年的640.83亿元，上升了329%。到2013年，这一数字已上升到8.6万亿元。如果从1998年以后房地产经历20年进入高危期，意味着在2018年以后会有越来越多的房产会成为令人提心吊胆的高危建筑。

那么塌楼事件应由谁来"买单"？开发商是第一责任人，"政府是最后的把关者"。

按照我国《民用建筑设计通则》的规定，一般性建筑的耐久年限为50年到100年。然而，2010年，住建部的一位负责人在第六届国际绿色建筑与建筑节能大会上说："我国是每年新建建筑量最大的国家，却只能持续25—30年。"

相较之下，英国建筑的平均寿命达到132年，美国是74年。

七

天使有亲属吗

TIANSHIYOUQINSHUMA

◎亲家眼中的李秋实

李秋实女儿长大了，到了谈婚论嫁的时候。为了儿女的婚事双方老人见了面。算这次，李秋实与女儿的公公总共见过三次面。女儿的公公李连久在赤峰煤田地质队工作，虽然与李秋实只见过三次面，但这三次见面却给他留下了终生难忘的印象。

第一次是在1996年春节。李连久得知儿子与李秋实的女儿谈恋爱，便借回桓仁给父亲烧周年的机会，第一次登门拜访了李秋实。李秋实给他的第一印象是热情、朴实。尽管是第一次见面，但一点儿陌生感也没有。从生活到事业，从家庭到学校，无所不谈，而且很投机。

第二次是在1998年春节期间，是去桓仁商定儿子婚事。这次李秋实给他的感觉是开通、善解人意。当他问李秋实对女儿婚事有什么意见和要求时，秋实笑笑说："我只有三个要求：一是我女儿结婚的消息不能在桓仁地区外泄，我不想让人送礼。二是我们两家经济条件都不错，我们又都是共产党的干部，婚礼不要奢侈，彩礼全免了。三是，我工作很忙，定了结婚日子请提前告诉我，我要抽出时间参加孩子们的婚礼。"她的话让李连久吃了一惊，后来听在桓仁县医院工作的三弟妹说，秋实就是这样一个人，医院职工谁要有个大事小情，她都到场赶礼，而轮到她自己，赶礼是绝对不可以的。

李连久和老伴私下里也议论过秋实，这么大的院长，家里竟如此清贫，对女儿的婚事竟如此安排，我们这做亲家的都觉得过意不去。

1998年9月25日，孩子们结婚的前一天，李连久雇车把李秋实、新娘王悦及在阜新的亲人都接到了赤峰。这是他与秋实的第三次见面。在交谈中，李秋实总是不时地询问当地的医疗卫生情况。当李连久提到在本地当一任医院院长，可以有能力在北京、大连等地购买一套价值200多万元的公寓时，李秋实不无感慨地说："200多万元，能买多少医疗设备呀！"

圈里的亲属都说她太傻，现在已很难找到像她这样的傻干部了。

第二天，在结婚典礼上，秋实饱含深情地讲了话。她说：希望两个孩子在市场竞争日益激烈的时代，要学会生存的本领，牢记做人的原则诚实做人，认真做事；在小家庭中互相尊重、互相关心、互相帮助，互相理解，成为人人羡慕的好夫妻；在单位，要团结同志，爱岗敬业，认真工作开拓进取，做人人满意的好职工；在社会要遵纪守法，扶持弱者，做一个有益于社会、有益于人民的好公民。

她脸上浮现着幸福的笑容，让在场的人感受到了她对女儿深深的爱和殷殷的祝福。

婚礼结束后，李连久和老伴再三挽留秋实多住两天，要陪她到处转转。可秋实执意要走，她说："我们院里工作太忙，不能久留。"亲家拗不过秋实，只好让她走了。可怎么也没想到，这一别就再也见不到她了。

◎在公公婆婆的眼中

姜忠平、肖连伟曾专程采访了李秋实的公婆和丈夫的兄弟姐妹，留下了极为生动的记录。

1974年7月1日是李秋实与王志成结婚的日子。李秋实与王志成两个人同在一个医院工作，在工作中建立了感情，但他们一直也没公开此事，直到双方觉得成熟了登记结婚。

当时，公婆住在阜新县他本乡。家中生活非常困难，只靠在煤矿上班的老父亲王喜每月微薄的工资维持生活。李秋实和王志成事先并没通知家里。为商量结婚的事儿，二人只是给家里写了一封信，家里一点儿准备也没有。

当两个人迈进父母家中，李秋实管王喜叫了声"爸"，她就成了王家的儿媳了。两套行李，两个小板凳，是王志成和李秋实家的全部家当。短短的7天之后，夫妻俩回到了桓仁。

直到1975年，李秋实为了生孩子才回到了公婆家。待产期间，李秋实除了跟婆婆一起忙碌家务活外，每天都让王志成用自行车驮她看望同学，婆婆说：李秋实不会干家务活，但回到家里那个忙碌劲儿，让我感到亲切。

到预产期了，但孩子迟迟不肯出来见这个世界。焦急的李秋实在地上不停地蹦着。以期孩子早些落生，她好早些返回工作岗位。

孩子要出世了，公婆建议儿媳到乡卫生院，但李秋实没同意。最后，丈夫王志成亲自动手帮助接生，把孩子带到了人间。

生过孩子不久，李秋实就给公婆下起了"毛毛雨"："我们俩工作都很忙，带孩子会不方便"。在这段日子里，李秋实把这话说了好几次。不过是希望婆婆知道她的心思。其实，从她第一次下"毛毛雨"开始，公婆就已知道她的心思。

经过商量，公婆同意把小孩留在身边。李秋实感动地说："把小孩留在奶奶、爷爷身边，还有姑姑、叔叔照顾，我一百个、一千个放心。"

56天产假结束的前3天，李秋实就给小悦断了奶。

这3天里，小悦总是很闹人。不管小悦怎么闹，李秋实还是强忍着泪水，硬着心肠给小悦断了奶。

临走的头一天晚上，李秋实紧贴着小悦的脸，眼含热泪地把孩子交给公婆，连头也没回就走了。

作为一名老党员，公公王喜非常理解李秋实，他知道儿媳这样做是为了什么。他什么也没说，只是默默地承担起抚养孙女的任务。

1975年是个物资奇缺的年份。小悦成长所需的奶粉、牛奶、糖等东西成了王家的大问题。公公、姐妹、兄弟，无论谁出差了，都要为小悦带回些"给养"。这样断断续续的供应是无法满足孩子需要的。

他本乡有一位重工伤工人名叫张天生，组织特批允许他家养一头奶牛，以补养身体。得知这个消息后，王喜显得有些兴奋，走很远的路，找上门来，把情况说个明白。张天生为之深深感动，决定每天为小悦提供一斤牛奶。就这样，王喜每天都去取奶。出于感激，王家每个月为张天生支付12元钱，把养的几只大母鸡送给张天生，让他补身子。

小悦稍大一点以后，一天吃一斤牛奶已经不够了。没办法，王家只得买饼干。也许是粗糙的饼干不好吃，小悦很快瘦了下来。有一次，王家买回了几袋葡萄糖粉。冲好奶后交给小悦，孩子双手捧着瓶子咕嘟咕嘟喝饱后，就甜甜地睡去了。

小悦不到一周岁时，李秋实写了一封信，与老人商量只想要这一个孩子。公公公婆商量后，决定不干预此事。不久，李秋实就做了绝育手术。

后来，王家由他本乡搬到了阜新市新宾区六部。小悦就是在这长大的。

那时，每当小悦要妈妈时，奶奶就拿出李秋实的工作照对孩子说："这就是你妈妈，她穿着白大褂，是个大夫。"听了奶奶的话，小悦总是无限向往地看着照片，仿佛要记住相片中那个永远微笑的人。从那以后，小悦只要见到穿白大褂的女人，总以为那就是妈妈。

这期间，李秋实只能靠书信与家里联系。每次来信，李秋实总是先问老人怎样，然后再问起小悦。在信中，李秋实告诉公婆，严格要求小悦，不要娇宠她，还告诉老人别给孩子吃花生米，免得卡住气管儿，不要用六六粉往头上抹。婆婆李亚茹说："秋实的挂心事总是很多。"

有一次小悦患上肝炎。吃药、打针、打点滴等许多办法都试过仍不见好转。没办法，家里给李秋实拍了份电报，好说歹说才把李秋实叫回到了小悦身边。

1980年，爷爷带小悦回桓仁。到家时，李秋实没在家，王志成在一所学校的工宣队工作。爷爷只好抱着见不到父母的小悦逛街。在县医院附近，当一名身穿白大褂的女医生出现在视野时，小悦扑上去直喊"妈妈"。阿姨说："好孩子，我带你去找妈妈。"见到李秋实时，她穿着带补丁的胶鞋。爷爷说："小悦，她就是妈妈。"小悦认生地躲着李秋实。

李秋实把小悦抱在怀里，孩子愣愣地盯着这张本不该陌生的脸，显得有点茫然。

当时，李秋实和丈夫住在一个筒子房里。

晚上，爷爷让小悦和母亲一起睡，但小悦不肯。等孩子睡着了，李秋实才能把小悦搂在自己的怀里。小悦睡醒了，见躺在身边的不是爷爷，就哭了。

爷爷回阜新，小悦也跟了回去。

小悦7岁以后，才正式回到妈妈身边。

王喜到桓仁后，才知道儿子家的生活十分艰苦。一次，公公给李秋实寄去了30元钱。没过几天，李秋实把钱又寄了回来。她在信中写道："我没有孝顺你们，叫我收这钱，我以后怎么做人？"后来秋实回家后，公公为这事说了她。李秋实哭了："对这个家，我没有贡献，等我以后抽时间好好孝顺您。"

公公说："结婚时，家里也没给你们准备什么。"李秋实说："这个大家庭的温暖比什么都好，物质不重要。那次回家，她给公婆兄弟姐妹每人买了件衬衫。

王志成最小的妹妹王立华13岁时，不慎迷了眼睛。由于孩子多，照顾不上，加之也没当回事，就一直拖着没有去医院。赶上李秋实回到了阜新，知情后，李秋实握着王立华的手，走半个多小时的路，来到医院时，人家已经下班了。李秋实到门诊打听到了眼科医生家的住址，领着王立华来到大夫家中。打了麻药，处理完毕后，医生说："再不来，这眼睛就保不住了。"治好了眼睛，李秋实又跟人家谈起医院该怎么管理等许多事。

婆婆李亚茹说："有一次回来，秋实领回个小孩叫王星。她告诉我，要像对待王悦一样对待王星儿。"

有一回王立华送嫂子李秋实回桓仁，在车站，看见一个老太太，带着一个身体有残疾的孩子。李秋实搂住孩子，把随身带的水果和所有的钱（除去车票钱）全给了孩子，还告诉老人，要让孩子上学，好好培养。上车后，李秋实还不停地向孩子挥手。每次回到阜新，李秋实都要抽出时间，给公婆家周围的邻居看病，时间久了，许多人都知道王家有个儿媳是大夫。他们夸她治病不要钱，技术和态度都很好。这让婆婆心里很是受用，在邻居面前也很有面子。

每次回家，李秋实进门的第一句话总是问："妈！我能干什么？"婆婆回忆说："秋实不会干家务活，可我忙什么她就跟着我忙，老是围着我转。"一次，李秋实回到家中，见姐妹们在玩麻将，她说："妈，我擦地。"刚放下包，她就拿起抹布开始擦地，拦也拦不住。

有一回，王志成的三妹妹王玉华随李秋实回桓仁。这期间小悦得了中耳炎。李秋实忙得只好把小悦的病一拖再拖。带王悦到医院时，医生责备李秋实："你是搞耳鼻喉的，怎么拖了这么长时间，都流脓了，这要是换了别人，你早就给治了。"往回走时，李秋实抱着孩子。王玉华说："看嫂子那劲头，抱多远都不能嫌累。我知道，她要想弥补孩子一下。"那天晚上，王玉华和小悦商量："跟妈妈住一宿吧，要是不同意，明天三姑就不带你回奶奶家。"连哄带吓，小悦好歹与母亲住了一夜。

有几次县医院到阜新买药，李秋实一行人不住旅馆，就住在公婆家中。

姐姐王芸华说，从走进这个家庭开始，秋实就与大家融为一体，我们无论说什么，无论重了轻了，她从不计较，我们兄弟姐妹6个，没一人是喂大的。全家人为小悦费了不少心思，但都心甘情愿。秋实还是这么一个人，不放过任何一个学习的机会，有时回来就开始写，写完了与立华一起去打字。回来让我当听众，她给念，让我给提意见。我们全家有8名共产党员，可以成立小组了。我爸爸告诉我们，要像秋实那样，做一个对社会有用的人。姐妹们也在私下里议论，探讨秋实究竟是怎样的一个人。她总是那样潜移默化地影响着我们每一个人，我们不得不像她那样做，也不能不那样做。

小妹妹王立华说："嫂子总是给小悦讲故事唱儿歌，要求我对小悦负责，教她刻苦学习。虽然回来时与小悦难分难舍，但她总想着安慰父母。老妹夫聂宜军未说话已泣不成声："嫂子一回来就把我们叫来，让妹妹跑跑腿儿，她对谁都是热心肠。我40岁，走遍了中国百分之八十的地方，从没有听到有这样的人。我结婚第二年去了一趟桓仁。那时她住在兰家沟，家里乱七八糟，回来不是看书就是太累，每天早上我起床时，发现她已上班了。有时，半夜有人来敲门，她逢叫必到，不管什么时间，也不管什么季节。"

外甥女霍红英说，小悦结婚时，舅妈给我的孩子买了一身新衣服，可谁给她钱都不要。只有那一次，舅妈好像有什么预感，在每个亲戚家都住了一次。

王悦结婚后，李秋实打电话说回阜新来，说在桓仁熟人多，有些事情不太好处理。回到公婆家以后，兄弟姐妹发现李秋实穿着一身旧衣服，就动员她买身衣服。在众人的劝说下，李秋实买了一套打折的新衣服。这天，人们都很累了，李秋实却领着两个读高中的外甥，给他们买了300多元钱的书。

公公王喜哽咽着说："自古忠孝难两全，把工作干好就行了。秋实挣钱也不少，也给家寄钱，但更多的钱她都花在别人身上了，这孩子心眼儿好使，她是我们一家人的骄傲！"

婆婆擦着止不住的泪说："以前，秋实不常回来，但人在，这心里总有个盼头。现在人没了，想她的时候，就只能看看照片了！"一家人在悲痛的同时，他们深深为有李秋实这样的亲人而无比骄傲。正像老公公王喜说的那样，李秋实是一把标尺，衡量着每一个人。

王秋华在怀念文章中感叹："大嫂是一株小草，于无声中把绿色献给了大地；大嫂留给人们的爱如天上的繁星，深入人们的心中，却数也数不清；大嫂是一条日夜流淌的小河，为了她心中永无止境的追求而永远奔流。"

八

陪伴天使的男人

PEIBANTIANSHIDENANREN

英雄人物也好，模范人物也好，甚至专家、作家、学者，这些在社会上有些光亮的人物，说起他们的事迹或成就，固然令人羡慕，甚至神往不已，但真正陪伴在他们身边，却未必就是一件美事。因为陪伴者往往要为这些人做出默默的奉献，甚至牺牲，这种牺牲包括自己的时间、工作、个人喜好甚至尊严。

我越琢磨李秋实的这个人，越是佩服站在她身后的男人。

我见到李秋实的爱人王志成是在桓仁县城的一个叫龙宇的宾馆里。他绝不是那种唯唯诺诺、小心翼翼、其貌不扬的主儿，相反，却是个仪表堂堂、达观向上、开朗豪放的人物。虽然已年近古稀，但依然神采奕奕、红光满面。年轻时一定属于那种酷毙了帅呆了的那种类型，一看就情不自禁地产生好感。我不由得想，李秋实当年真有眼光。

王志成坐在床上，我递给他一个枕头靠着墙，他就向我娓娓地述说起他和李秋实的过往。他先是带点总结意味地说："李秋实就是心眼好，看不得别人受苦，特别善，总想帮助别人，帮助别人她就心情愉快。也就是现在人们说的，帮助别人，快乐自己。"

他还说："人就得正义、心胸坦荡，对父母兄弟姊妹不争。你正义了别人就支持你，社会还是支持善良的事正义的事，她到哪都能办成事，就是因为她为了集体，不是为了个人。"

李秋实不只把全身心都投入到工作上，而且动不动就把没钱住院的患者领到家里，还给他们拿住院费，还义务护理。把家里造得不像个样子。有人去过她家，没有地板，就用桦树板皮铺在地上，再将大块布连成的"地毯"铺在桦树板皮上；家里也没有沙发，就在一对木箱上放上褥垫，就成了"沙发"。

搁一般人一次两次可以忍耐，天长日久难免心生怨气，也许说不定就因此分道扬镳。可李秋实的家不但没有风雨飘摇，而且风雨不动安如山，她身后的男人如果不认同她的做法，她纵然有那份心思，也只能徒呼奈何。

如果没有这位陪伴在她身边无怨无悔甘于奉献的人物，也许就不会有后来的李秋实，即使李秋实依然那样拼命工作，那一定会后院失守、伤痕累累。就像一首歌里唱的："军功章啊，有我的一半也有你的一半。"

王志成退休后，早晨打太极拳，晚上跳广场舞，白天最喜欢的也许就是登山，花脖子山、二顶子、龙岗，桓仁的山他几乎都登遍了。闲暇时间顺便还炒炒股票，而且战绩不俗。他颇为自豪地告诉我，他用炒股所得的钱给女儿买了一套房子。此外，还时不时地到云南、海南那些风光如画的地方转上一圈儿，算得上活得潇洒的一类人物。

◎红花在信中开放

王志成从丹东卫校毕业到桓仁，在现在的四平乡工作。李秋实在八里甸子镇。1969年五六月时，王志成被抽到卫生工作医疗小组备战医院战备手术队，李秋实也从八里甸子镇调上来。当时征兵体检开会，也就认识了。

王志成白净脸儿，一表人才，品学兼优，政治上也没问题，自然成了姑娘们的包围对象。那年月的人也不是不谈恋爱，只是谈的方式、爱的内容与今天大异其趣。姑娘中颇有长得漂亮的，有位打扮入时、绰号叫"大上海"的，还有一双大眼睛水汪汪的，外号叫"巨丰"的，还是局长的女儿，但王志成工人家庭出身，有点自卑，找干部家庭的对象怕对方吃亏。

相比之下，李秋实虽然黑不溜秋的，又瘦又小。不过，她有优点、有水平，还是团支书。李秋实在耳鼻喉科，他在药房，为了给别人治中耳炎，李秋实找王志成帮着配药。那时，年轻人都乐于助人，就帮她配了药。这也许是他们第一次正式接触。

李和王的关系起先很一般，谁也没有想法。一次，王在老乡家吃派饭，吃超标了，一顿吃了3碗糙米饭，外带两只咸鸭蛋。李秋实当时是领队，看在眼里，一面给老乡补了钱，一面在生活会上点了王一下，王的脸红了。又有一次，王忽然主动提起李秋石的名字，说石也叫旦，容易叫成秋旦，不如干脆改成实在的实比较好。这回李的脸也红了一下，后来就真改了。爱几乎没有任何理由地悄然生长着。有一次，李大胆地说，你看我怎么样，可不可以处对象？王先是一愣，继而就不出声了。就在那年秋天，发生了一件事，李出诊碰上山洪暴发，为拦洪水，跟大伙一起跳进水里，裤头掉了，后来就传出李秋实裸体抗洪的笑谈。王和李独处时，王说，男人家光不出溜溜的不丢人，女人可就……李秋实马上说，那时候谁还管形象不形象的，你呀，思想咋还这么封建，说着戳了王一指头，王就势一躲，李就倒在了王的怀抱……如果说，李与王是以革命加恋爱的方式确立了关系，那么一旦确定，就以革命化的神速，闪电般的结婚了。李秋实一派铁姑娘作风，绝不婆婆妈妈，扭扭捏捏。在她看来恋爱，结婚，生孩子，虽是人生必经阶段，但要尽可能压缩时间，速战速决。有的姑娘还在做春梦，她已经"解决战斗了"。

说到这儿，王志成笑了。其实她们的恋爱和婚姻也是很浪漫的。当初，英俊潇洒又有文凭的王志成是姑娘们心中的偶像，可是阴差阳错的，他和她们总是不能走到一起。有一年春节，志成回阜新老家，托秋实照顾一下他的月季花。春节时，秋实来了一封信："花开了，两朵，红的。"志成一下就明白了姑娘的心意。当他当面向秋实表达他的爱意时，秋实高兴极了，立即拉着志成到电影院看了一场电影，还带他到光荣院、同学、同事家走了一圈。

◎丈夫被妻子"赤化"

王志成工作时曾任县药检所所长，虽然官不大，毕竟也担着一定责任。可为了妻子，他总是牺牲自己。

有人不理解，说一个大男人整天做些家庭妇女的活，太窝囊。王志成就说了下面一通话：

我确实不这样想，可秋实心里装着全县的百姓，我有什么理由不疼她？当初看上她时，正是因为她的善良和敬业，她做的事都对，我挑不出她的毛病，只好听她的了。

她是一个不平凡的人，人们说她是活菩萨一点都不过分。她把自己的一切都献给人民了，没留一点私心。她不能像别的女人一样在家侍候我和孩子，反而拉着我们和她一起照顾那些需要她的人。平时我们家就像饭店一样，她经常把患者带到家里来，有时关系单位来人，她也往家里领，也唯有这时，她才到厨房做饭。她经常不着家，回来还要写材料写到深夜。患者的衣服脏了，她把我衣服拿去；光荣院的老大爷病了，她让我去陪住；她无意中听说一位怀孕的同事想吃河里的一种小鱼，就让我到河里抓了一天。有一次，我翻箱倒柜找自己的皮夹克，可怎么也找不到。一问秋实才明白，原来，她在乘三轮车回家时，发现车夫穿着很单薄，就把我的皮夹克送给人家御寒了。

逢年过节，她都要回光荣院，好像那就是她的娘家。每次回去都要我陪着，而且大包小裹的，装满了水果、饼干、用品。我一去就有人打趣地问："又去看老丈人啦。"我连连说是，是，是。我们为人处世步调一致，有人说我被李秋实"赤化"了。其实，岂止是我被"赤化"，我们全家都被她"赤化"了。

秋实总有忙不完的事，留给家里的时间很少，但她深爱着这个家。每次出差，她都给我写信，回来时再忙也不忘给我买些礼物，有时是一条围脖，有时是一包毛线，尽管她一件也没织成。看着我忙碌的身影，秋实内疚地说："等我退休就好了，到那时我好好侍候你。"我有时东西找不到，她就信誓旦旦地说，等我退休后，把家里的东西都编上号，像查目录一样。

王志成说，秋实不仅善良，还有大海一样的胸襟。那些年，他父母家里生活困难，他就不时往家里寄钱，还帮助家里盖房子，这些秋实都非常支持。为减轻父母的负担，王志成把小妹接来同住，让她在桓仁上学。秋实待小妹特别好，吃的穿的都可着小妹来。小妹生了皮肤病，秋实就带着她到处治。秋实每次回阜新，都带许多礼物，无论大人孩子均有份，公婆亲友没有不喜欢她的。

听了王志成这些话，我蓦地想起舒婷的名诗：

致橡树

我如果爱你——

绝不像攀援的凌霄花，

借你的高枝炫耀自己；

我如果爱你——

绝不学痴情的鸟儿，

为绿荫重复单调的歌曲；

也不止像泉源，

常年送来清凉的慰藉；

也不止像险峰，

增加你的高度，衬托你的威仪。

甚至日光，

甚至春雨。

不，这些都还不够！

我必须是你近旁的一株木棉，

作为树的形象和你站在一起。

根，紧握在地下；

叶，相触在云里。

每一阵风过，

我们都互相致意，

但没有人，

听懂我们的言语。

你有你的铜枝铁干，

像刀，像剑，也像戟；

我有我红硕的花朵，

像沉重的叹息，

又像英勇的火炬。

我们分担寒潮、风雷、霹雳；

我们共享雾霭、流岚、虹霓。

仿佛永远分离，

却又终身相依。

这才是伟大的爱情，

坚贞就在这里：

爱——

不仅爱你伟岸的身躯，

也爱你坚持的位置，

足下的土地。

◎当丈夫遇到红颜知己

李秋实是个永远心怀感恩之心的人，进光荣院，她感激；上学，她感激；到老爷岭，感激；当上县医院院长，还是感激；找到王志成这样可心的丈夫，更是感激。她说，咱是孤儿，再苦再累也不觉得，做梦也没敢想找到你这样儿的。但李秋实似乎又显得女性味儿不足，她平生没佩戴过一件首饰，当上医院院长后，几乎没认真给全家做过一顿饭。王志成自称是家庭妇男，洗衣做饭带孩子，全归他管。对李秋实，王志成一面害怕她，害怕她玩儿命地工作，一面怜惜她，怜惜她的身体。有时只盼她多出差，她一走，他就自由了，可以打打牌，跳跳舞，喝喝酒了——王志成和我单独交谈时，如此坦率地谈着，我觉得他实在是个诚笃、本色之人。

由于李秋实全身心地投入医院，基本不顾家，王志成的感情生活也不是一点不起波澜。传闻本溪有一女性与志成脾性相投，两人很谈得来，渐渐亲近。用现在人的话说，叫"红颜知己"。

男人，经常要面对三个女人：妻子、情人、红颜知己。什么是妻子？就是你愿意把积蓄交给她保管的女人。什么是情人？就是你偷偷摸摸地去和她约会又怕妻子撞见的女人。什么是红颜知己？就是你能把有些秘密说给她听却不能说给妻子听的女人。妻子是一种约束，约束你不能随便和别的女人交往；情人是一种补偿，补偿你想从妻子那得到却又无法得到的激情；红颜知己就是一种点拨，点拨你心中的迷津。妻子陪你过日子，情人陪你花钞票，红颜知己陪你聊聊天。妻子不能替代情人，因为她没有情人有情调；情人不能代替妻子，因为她没有妻子的亲情；妻子和情人都代替不了红颜知己，那是心灵的需要。

像王志成这样仪表堂堂，又有很好的品行，能吸引女性的目光赢得她们的好感是情理之中的事。好事者便提醒李秋实，别让人把你的人拐跑了。李秋实却一点儿也不恼，不着急，在公共场合，她主动上前与传言中的女人拉手，亲热地交谈，落落大方，后来还成了好朋友，让对方不可能出手。

王志成作为药检所的负责人，难免要出去应酬，次数多了，就传出闲话来。一次，李秋实的一位好友打电话告诉她，说王志成跟某女人关系不一般。问王志成有这回事吗？他说，"那个女子总是打扮得花枝招展的，有事没事愿意找我聊，我这个人做事愿意尊重别人的感受，不想因为这样的事弄得鸡犬不宁的。"李秋实回家问王志成，告诉他以后注意点，就没事了。秋实自己纯洁，她也相信王志成决不会做对不起她的事，因为王志成是个重诺言的男子汉。王志成做什么事都考虑到别人的感受，也就像人们常说的："人虽然只有一个心，然而有左右两个心房，所以做事不但要为自己想，也当为别人想。"

做事考虑别人的感受，就不会放纵自己、坑害别人，尤其是自己的家人。

作为一个女性，李秋实可能属于未能实现女人梦的女人，她施之于家庭、丈夫、女儿以爱的时间实在太少了。这一点她在临去世前有所反省。有一天，她突然无端地流泪了，对王志成说，我能记住这一辈子你给我做过多少顿饭，我现在就跟你订个契约，我欠多少补多少，一到退休年龄，我决不接受返聘，辞掉全部工作，好好当一回老婆，好好当一回母亲。看来，她也不是纯粹的"女汉子"，内心也有柔情。

◎纪念馆周围的几千棵银杏树

到过李秋实纪念馆的人不知是否留意过，纪念馆后山有一大片银杏树林。这片银杏树林寄托着李秋实丈夫王志成的哀思，浸透着他的汗水。甚至给自己留下了腰脱的毛病。

李秋实活着的时候，就很喜欢银杏树，在对医院进行绿化时专门栽种了一些银杏树。用王志成的话说，银杏树枝叶不乱长，规规矩矩的，但树干笔直，显得很有骨气。怪不得李秋实喜欢这种树，这种树可以说是她人格的象征或情感的外化。

按百科知识的介绍，银杏为银杏科，属落叶乔木。银杏出现在几亿年前，是第四纪冰川运动后遗留下来的裸子植物中最古老的孑遗植物，现存活在世的银杏稀少而分散，上百岁的老树已不多见，和它同纲的所有其他植物皆已灭绝，所以银杏又有活化石的美称。变种及品种有：黄叶银杏、塔状银杏、裂银杏、垂枝银杏、斑叶银杏等26种。

银杏树的果实俗称白果，因此银杏又名白果树。银杏树生长较慢，寿命极长，自然条件下从栽种到结银杏果要20多年，40年后才能大量结果，因此又有人把它称作"公孙树"，有"公种而孙得食"的含义，是树中的老寿星，具有观赏、经济、药用价值。

李秋实纪念馆建成后，王志成就在纪念馆周围租了21亩地，在那片地里，他用10年的时间不停地栽树。他所选的树种就是银杏树。一开始买了100棵，50元1棵，他自己干不过来，就雇了一些农民帮他干。他租了10年地，种了10年树。日升月落，寒来暑往，三千多个日日夜夜，他和农民们在这块土地上前前后后种下了4.5万棵树。后来，一些农民来要，多数就被伐走了，现在还剩下六七千棵。都已经成了挺拔的迎风而立的大树，一眼望去，郁郁葱葱，直指苍穹，令人有肃穆之感。

王志成总结李秋实的事迹，说她的做法，按佛家讲就是行善，按党的话讲是为人民服务。她对吃拿卡要反感，对恶反感，有一颗真诚的心，不怕吃亏。人做的事情都是给自己做的，和炒股一样，要经得起长期考验。

李秋实在日记中写道："刮风不一定下雨，下雨不一定打雷，得到的不一定是福，失去的不一定是亏。平平常常才是福，老老实实才是真，本本分分心无悔，潇潇洒洒走一回。"

两个人的话虽不同，但内里有相通之处，有一种深层的共识。两个人都知道对方的价值，难怪能同频共振，难怪能忠诚厮守，难怪能互相珍惜，难怪能不离不弃。

九

母亲在女儿心中
MUQINZAINÜERXINZHONG

王悦是李秋实唯一一个女儿，但她却没有享受到多少一般独生子女的娇宠，母亲对她要求之严，有时甚至到了苛刻的程度，有时，给人感觉对自己的亲生女儿甚至还不如对别的孤儿那么好。为了证明这个结论，王悦告诉我，她临产前两天，妈妈还指着盆里的一堆衣服说，有空把衣服洗了，活动活动对生产有好处。

我采访王悦的时候，正好将近清明，有人告诉我她一提起母亲就伤心流泪，不愿意接受采访。为了能够顺利采访，我找到了县委宣传部的同志，他们出面联系了王悦所在单位的领导，才得以听到她的叙述。

◎我是你们的亲生女儿吗

王悦说，小时候我们家住在兰家沟的平房里，经常是爸爸陪着我，哄我入梦。碰到爸爸出差，我便是邻居家的常客。有一次，本来是妈妈陪我睡觉的。半夜醒来，突然不见了妈妈，四周漆黑一片，吓得我大哭起来，从炕上掉到了地上，把邻居都吵醒了。听见邻居丁大娘熟悉的声音，我才敢到房门口，门却打不开。原来妈妈刚睡着，就有人到我家敲门，找妈妈出诊，妈妈怕我醒了乱跑，就把我锁在屋里了。我只好从窗户里爬出来，跟丁大娘到了她家。

第二天早上，妈妈拖着疲惫的身子回到家，发现我没了，急得大声喊着我的名字寻找起来，见我从邻居家跑了出来，她一把把我抱起来。我趴在妈妈的怀里哭喊着："别再把我一个人留在家里……"妈妈的眼睛也湿了，拍着我的后背说："妈妈是个医生，病人也需要妈妈。如果妈妈不去给他们治病，他们就不能和自己的家人团聚。"从那以后，只要妈妈晚上出诊，我总跟妈妈去，有时困得实在受不了，我就在办公室的长椅上睡一觉，会诊完了，妈妈再把我接回家。

合家团聚，吃一顿团圆饭，在我们家里是很难得的。常常是准备好的饭菜，热了又凉，凉了又热。常常是三副筷子摆在桌子上，爸爸和我等了又等，直到饿得受不了了，爸爸和我才吃饭。越到年节，妈妈越是忙碌，而且我们家的年夜饭也和平日一样简单。在我记忆中只要家里饭菜丰盛，那一定是妈妈把她的患者带到我家吃饭，妈妈亲自下厨做菜。能吃上妈妈亲自上街采购、亲自下厨做的可口的丰盛饭菜是我向往的。

妈妈的忙碌塞满了我的童年，但从小孩子的心理讲，我并不理解妈妈忙碌的意义。好多次，看着别的小朋友由爸爸、妈妈亲昵地抱着买玩具、做游戏，我羡慕得不得了。

我就问爸爸："我是妈妈、爸爸的亲生女儿，为什么你们都不爱我呢?"爸爸说："你是爸爸、妈妈的乖女儿，怎么会不爱你呢？只是妈妈工作忙，抽不出时间，爸爸陪你不是一样吗?"

我上小学了，妈妈也更忙碌了。早上走的时候，我还没起床，晚上她回来的时候，我已经睡着了。我的生活起居大都由爸爸照顾。爸爸不在家，我就自己照顾自己。因此，我对自己也没有太大信心，贪玩、好动，不爱学习，成绩一塌糊涂。妈妈虽然看在眼里，急在心上，但就是抽不出时间来辅导我，可她对一些家在农村、年龄和我相仿、身体有病的孩子照顾得却是无微不至。把他们领到我家，给他们做好吃的，买玩具、买衣服、买回家的车票，还不允许我对他们有不友好的举动。

有一次，一个农村的小女孩拿我的玩具玩，我说："别碰我的。"妈妈听到了，狠狠地把我训了一顿，我委屈地哭了。那时我真不理解，我就悄悄地问她：

"妈妈，您为什么对她们比对我还好?"

妈妈笑着说："他们是我的小患者，家在农村住，生活困难，来县里治病不容易。我们能给他们一些帮助，让他们早日康复，重新回到校园，多好啊！我们都要做个有爱心的人。"对于妈妈的一席话，我似懂非懂。有一次，我对妈妈说，这个世界上，奶奶是第一好，爸爸是第二好，妈妈是排在老末的位置上。妈妈的脸上掠过一丝惊讶，问为什么。我坦白地告诉她说："因为从小是奶奶把我带大的，她对我最好；回来的这几年，都是爸爸在照顾我，他对我其次好；至于妈妈呢？算第三好吧"。妈妈没说什么，只是把我搂在怀里。我当时只是想让妈妈伤心，从此不再忽略我，但我不知道，我的这一番话刺痛了妈妈的心……

◎妈妈还是爱我的

接下来发生的一件事却让我对妈妈的感受有了改变，觉得妈妈是爱我的！我上小学六年级的时候，有一个星期天，妈妈下夜班在家休息。我在玩耍时突然摔倒，手扎到一个碎玻璃片上，划了很长的口子。鲜血直流，妈妈看见心疼得也哭了，亲自把我送到医院进行包扎。接下来的几天，妈妈不论多忙，总抽出点时间给我做爱吃的饭菜。我手上伤疼，可我心里是高兴的。我搂着妈妈的脖子说："妈妈，你还是很爱我的。"妈妈说："傻女儿，妈妈怎能不爱你呢？你是妈妈心头肉啊！妈妈是一个母亲，妈妈也是一名医生，妈妈要做一个好母亲，还要做一名好医生。这些道理，等你长大了，就会明白的。"刹那间，我觉得自己非常理解妈妈了。

中学要毕业了，面临着中考。但因学习成绩差，所以对中考一点信心都没有。妈妈说，自费上卫校吧，将来和妈妈一样，努力做名好医生。在本溪市卫生学校的四年间，妈妈去看我的次数是数得过来的。妈妈出差的机会很多，但她每次都来去匆匆，有时连她的面都看不到。一封信、一个包裹，托门卫交给我，浓缩了妈妈的爱和嘱托。

有一次，我到本溪上学去了，这段时间，妈妈来电话说，你走了，也不交代一下，我没看好你的花，都干死了；不过你的蝈蝈却活得好好的，我每天让它跟我一起吃黄瓜。

还有一次，我把头发染成了红色，妈妈见了，大惊小怪地说，这也太可怕了。可妈妈并没有过多地责备我。一天，妈妈一下班回家，没看到阳台上的我，就问爸爸，咱家那个红毛鬼哪去了？我从阳台上一个高跳到厅里，大喊：我不是红毛鬼！妈妈不但不生气，反而笑着说：这下眼睛又瞪成绿豆眼了。

结婚后，我买了两个蝈蝈，让妈妈帮着照顾，妈妈每天再忙，吃黄瓜、苹果也想着给蝈蝈喂点。可到了秋天，蝈蝈还是死了，妈妈就像犯了错似的，专门给我打电话："完了，给你蝈蝈喂死了。怎么就死了呢？以后再别买这样的东西。"

我深深地理解妈妈。她太忙了，她能抽出一点儿时间陪女儿就感到很幸福了。正像她自己所说："我是一个孤儿，是党和人民将我抚养成人，所以我不属于我自己。如今我能为社会做点事了，我就应努力地去做好。人的一生是有限的，我需要做的事情太多了。"

做女儿的不仅理解妈妈对事业无怨无悔的追求，而且更欣赏妈妈清正廉洁、大公无私的品格。也许我妈妈有些做法让外人难以理解，但这正体现了妈妈作为一个人民公仆的本色。

记得我在本溪卫校快要毕业的时候，同学们在一起的时候，很多同学都说："谁愁，王悦也不用愁，你妈是桓仁县医院院长，谁不分配，也能给你分配工作。"我对此置之一笑，对她们说："我妈妈能给别人安排工作，也不会给我安排工作的。"我太了解妈妈是个什么样的人了。别说让她以权谋私，就是让她吃请饭收礼她都不干。记得她患消化道出血时，院里的同事知道了都拿礼物、钱去看她，都被她一一拒绝了，并告诉爸爸和我，谁收礼物，谁负责退回去，还用不这样就不治病来威胁我们。妈妈在这件事情上是很严厉的。无论是她当普通医生还是院长，她从不收红包和礼品。

妈妈告诉人家，我只是一名普通的医生，救死扶伤是我的天职，我只做了我应该做的。有一次，妈妈上班不在家，有人敲门，让进屋里，她把一包东西放下，说是我妈让她送回家的。妈妈回家后知道了，脸色大变，严厉地训斥我为什么收下别人的东西。晚饭也没有吃，根据包里的姓名，急匆匆地去返还。

妈妈不收人家的东西，连她自己的工资都用于给患者买药、付住院费了。一个职工的爱人要做手术，她送去2000元。就在她去世前不久，还拿5000元钱给一个父亲患了癌症的职工。一名职工上班时丢了自行车，按医院规定医院不给赔偿，妈妈就把我心爱的那辆车子送给了那个职工。

我因此知道，我分配的事一定不能跟妈妈讲条件。可看着和我一同

139

毕业的同学高高兴兴地上下班，我羡慕极了，我焦灼不安，我毕业两年一直没有工作。

一天我听人劝她："你是医院院长，人大代表、劳动模范，找到谁不能给你点面子？就是到县医院，专业也对口，也是正常的事。女儿工作是一辈子大事，你别给耽误了。"我妈说："女儿工作确实是大事，但别人子女工作的事不也是大事吗？医院不少职工子女卫校毕业都没分配，我怎么能搞特殊？"

毕业回来后，因为我在学校学口腔专业，妈妈就让我在口腔科实习，也不给安排正式工作。后来又送到理疗科学本领，打滴流、打肌肉针都会干了，都是那时候学的。

年轻人都愿意睡懒觉，但妈妈不允许，叫我跟她一块上班。妈妈在前边走我在后面紧跟，她走路快，总像小跑似的。那时，我跟着查房，还学着写病志。妈妈说，别看我不管你，没有那么多时间分给你，可我要叫你什么都会干，省得将来受憋。

我七八岁就会包饺子，母亲过去每年都到光荣院给老人包饺子，每次去都把我带上，让我跟着一块儿包。我所有家务活都会干。到光荣院跟妈妈一起给老人缝衣缝被。老人们看到我去了就像看到自己的孙儿辈似的，总是夸我，并拉着我玩儿。

后来，县里领导说，李秋实光想着别人了，自己的孩子还一直没工作，想办法安排一下吧。我才被分配到县妇幼保健所工作。妈妈常常开导我，干什么工作都一样，只要是用我们自己的双手养活自己就是光荣，所学的专业技术不能丢。

在妈妈的心中，医院和患者比我们家更重要。她对医院、职工、患者，大事小情，事无巨细，面面俱到；对我们家的大事小事却马马虎虎。比如，别人的家里都摆着好看的沙发，但我们家里的沙发是在落地箱子上铺上炕被做成的。后来嫌太硬，妈妈就把杀鸡时的鸡毛洗净晒干，攒够了装在布包里当靠垫。家里也没有地板，妈妈说，水泥地好，进屋不用脱鞋。后来，我结婚时，家里才进行一点简单装修。妈妈没有一件金银首饰。她的一件羊毛衫穿了很多年，又瘦又小。在大家的劝说下，我用自己第一个月的工资为妈妈买了一件羊毛衫。可是刚穿不久，妈妈发现医院门口卖茶蛋的于大娘冻得直打哆嗦，就把新羊毛衫脱下来，给她穿上。妈妈把那件旧羊毛衫找出来，到洗衣店改了一下，就又穿在了身上。妈妈一心扑在工作上，家里的东西放在哪她都记不住。有一次爸爸说："我一出差你在家里什么东西都找不到，怎么过日子？"妈妈歉意地说："凑合吧，等退休了我啥也不干，就伺候你们爷俩和外孙女，把所有的东西列个清单贴在墙上，一看就能找到了。"可是，妈妈没有等到那一天就走了。

◎别怕，妈妈在你身边

结婚应该说是人生的大事。每个女孩子都渴望风风光光、热热闹闹地嫁出去。我也有这份渴望。妈妈说："结婚是你们自己的事，不能给别人添麻烦。更何况社会进步了，你们的思想观念应该更新，应当新事新办，不要铺张浪费。"因此，她没有告诉任何人，没有收一份礼，就把我的婚事悄悄地办了。用我爸的话说，我女儿就像私奔似的。

随着年龄的增长，妈妈对我流露的最深的爱是在我生孩子的时候。我生孩子前，公婆想让我回赤峰，妈妈说得留在这边，以便她陪我去洗澡。

预产期前一天，检查我羊水过多，可能造成胎儿畸形。妈妈没敢告诉我检查的结果，自己却偷偷地哭了挺长时间。第二天，医生决定用药物催生。妈妈由于工作忙，从早4点到晚7点没有陪在我身边。下班后，当妈妈听说我难产要剖腹产时，用手抱着我的头，泪滴在我的脸上和我的泪水流在一起，告诉我："不要害怕，妈妈在你身边。"我这时感觉到妈妈对我深深的爱。

妈妈没有同我说最后一句话就走了，我多么后悔和她的那次赌气呀！记得那是在我生完孩子的日子里，我很希望妈妈能够在身边照料我。因为妈妈是医生，如何照顾婴儿和产妇妈妈最有经验，有妈妈在，也能给我精神上许多安慰和鼓励。可妈妈为了工作，没有留下来照顾我。有一天丈夫出车了，只有我自己在家，做好的饭摆在面前，但孩子直哭，怎么哄也不睡，我的饭也吃不上，气得我也直哭。我生气地对妈妈说，我要去赤峰婆婆家休产假。那时，我真想妈妈能放下工作照顾我。但妈妈没有这样做，却说："也好。在这里，妈妈实在抽不出时间来照顾你，让你受了很多委屈，原谅妈妈！"作为女儿，我知道妈妈的心里是多么舍不得我去婆婆家。妈妈把她的一腔赤诚都献给了医院、患者。她舍小家只是为了大家；她撇开亲人只是为了更多的患者。我在婆婆家的几个月里，妈妈一有时间就打电话，问候我，说她想我，想小外孙女，不知长得胖不胖。她说，她退休后，要用培养教育她的小外孙女来弥补对我的歉疚……从赤峰回来的一个星期里，早上我起床，妈妈已经上班走了，晚上妈妈回来我已经睡觉了。我还没有时间同妈妈吃上一顿团圆饭，还没有同妈妈一起体味一下母女情，妈妈也还没有好好亲一亲她的小外孙女，就匆匆离开了。

◎几经磨难的发辫

李秋实的女儿王悦有一头乌黑、齐腰长的头发，每当她梳理头发时，总会想起妈妈。因为李秋实工作忙，王悦在奶奶身边长到7岁才回到妈妈身边，王悦梳着两条小辫子，人见人夸她长得乖巧漂亮，她自己也特别喜欢这两条扎着蝴蝶结的小辫子。

刚回到妈妈身边的那几天，李秋实还能忙里偷闲地给女儿梳几次辫子。可是时间一长，一心忙工作的李秋实再也无暇顾及女儿的头发了，不但不给女儿梳头，就连自己的头发也只是用手拢拢便匆匆忙忙地上班去了。

一个星期天，李秋实望着女儿几天没梳理的小辫子说："悦儿，把头发剪了吧，妈妈没有时间给你梳啊。"没等妈妈说完，小悦便用手护住两条小辫子，死活不同意。尽管如此，王悦最后还是变成了"假小子"。上学的时候，同学们都取笑她，气得王悦直哭。回到家里噘着小嘴对妈妈说："人家的妈妈都把女儿打扮得漂漂亮亮，谁像你把我变成了丑姑娘。"每当听到这话，李秋实都会把女儿搂在怀里，抚摸着女儿短短的头发不说一句话……

王悦的头发短了，但她做梦都在想着自己的长头发和小辫子，在王悦的盼望中，她终于又梳上两条小辫子了。这次怕妈妈再给剪掉，王悦经过努力学会了自己梳理头发。可是在这段时间里，妈妈经常把农村的小患者带到家里住，并安排与王悦同睡在一张床上。小患者身上的虱子爬到了王悦的身上、头发上，痒得她直挠。李秋实哪有时间给女儿梳头、捉虱子，这一次，她趁王悦熟睡之机，把她的头发剪得更短。就这样，在王悦的童年、少年时代，她没有充分享受到梳着长长的小辫子的快乐。

1999年夏，王悦做了母亲，在坐月子期间，她每天都是汗津津的，汗水把头发粘在一起，十分难受。李秋实对女儿说："把头发剪掉吧，天太热，容易起痱子。"王悦固执地说："我从小就喜欢长头发，可是一直没留起来。现在我好不容易留起来了，再遭罪，我也不剪。"李秋实望着女儿不再说什么，她默默地打来水，为女儿洗了头发，还给女儿编了两条辫子。那天，王悦看到了妈妈眼里闪闪的泪光。

我是你们的亲生女儿吗？一个孩子的头脑中绝不会无缘无故冒出这样的念头，尤其是在与别人的孩子加以对比之后，这个念头会更加强烈，然而，当她终于确信自己是母亲的亲生女儿时，心灵经历了怎样的煎熬，就像这头上的发辫。

两个改姓的孩子

LIANGGEGAIXINGDEHAIZI

姓是一个人的血脉符号，改名的事儿时常有，比如"文革"时改个什么卫东、要武之类的，现在的人为了和阴阳五行相合，缺木的在某一个名字里加个木字边，缺金的加个金字边，缺水的加三点水，好在中国字形声字居多，这个问题好解决，只要读原来名字那个音就能交代过去。除了作家起笔名能打姓的主意，很少听说有谁轻易改掉自己的姓。很少有人能够自愿改姓。可有两个孩子竟都因为李秋实改了姓。

◎孤儿进了少管所

李秋实 1979 年开始出任县医院的副院长。一次，她看见医院职工兰玉琴在医院的炉灰堆上拣煤核，便约办公室的同志到兰家去走访。一进兰家门，令李秋实大吃一惊，炕上铺着干草，棚顶上漏天，母子俩的午餐却是一锅苞米面粥，李秋实不禁流下眼泪。她立即自己拿钱和同去的人上街买了一麻袋苞米，又给买了新被褥，使兰玉琴改善了生活状况。

兰玉琴有个儿子叫兰岩松，7 岁时，父亲就含冤死在狱中。她一个人带着小岩松生活，母子俩相依为命。可不幸的是岩松 15 岁的时候，兰玉琴遭遇煤烟中毒去世。母亲死后，兰岩松就成了孤儿。兰岩松在桓仁一个亲戚也没有，当过孤儿的李秋实操办了兰玉琴的丧事后，把照顾兰玉琴的儿子兰岩松的责任揽在自己身上。

兰岩松家在李秋实家和医院的半路上，李秋实每天上班都要给兰岩松带一大饭盒饭菜，有的时候看他不在家就放在邻居张奶奶家。采访时，我以为就是给他带几次饭，我就问，李秋实给你带了几次饭，他说哪是几次，常年给我带，天天的。

后来，他自己学会了做饭。李秋实家离兰岩松家较近，每次上下班，李秋实都来看看，问问缺啥。米吃光了，李秋实送来大米；牙膏用完了，就买一管送来；锅烧坏了，李秋实给买来新锅，每次外出都要带回两份礼物，一份是女儿的，一份是他的。

但没有父亲也没了母亲的兰岩松总是自卑，不愿和同学在一起。不爱念书，整天地在外疯跑。李秋实知道后，怕他耽误上学，就找到他中学的班主任，跟班主任说好，让他上学。然后就每天领着他到学校。可有些人看他是孤儿，就羞辱他，他就更自卑。虽然李秋实给他送到学校大门，眼看他走进学校，可他却从学校的后门跑了。

那时李秋实每月的工资几十元钱，却经常接济兰岩松。一次看电视，他跟李秋实要钱花，李秋实随手把兜里的钱掏出来给了他。可他嫌少，说不够，就到李秋实的兜里掏，把兜里的一分的五分的都掏了出来，李秋实乐呵呵地说，你一分钱也不给我留呀，他才不好意思地放回几个硬币。在他心里把李秋实当成了亲妈。李秋实不但给钱花，给他做饭，还给他买衣服、买鞋。他现在还记得，李秋实给他买的一件黄色的衣服和一件海军那样的带蓝杠的衣服。有一次李秋实外出给他带来的一件衣服，衣服上还有个小鹿。

那年，他在东山下氧气厂干活，路挺远，他看别的伙伴都有自行车，异常羡慕。那时谁有一辆自行车就像现在谁有一台小轿车一样，是件挺令人自豪的事情。小伙子看别人骑车，羡慕不已，就跟人家借着骑。人家车子放在那，他跟人家借，人家不大乐意借，怕他给摔坏了。他就跟李秋实叨咕，说谁谁谁都买了自行车。叨咕完了也就过去了，并没放在心上。一天回家，他突然发现家里有一辆崭新的自行车，一看是沈阳产的白山牌自行车，他不敢相信是自己的，可李秋实告诉他，是给他买的。那车300多元，当时可不是个小数目。李秋实告诉他是给他买的，他都有点感觉不像真的。现在这辆车就存放在李秋实纪念馆里。

有时李秋实到外面进修或开会，他没办法，就自己做饭，饭锅让他烧漏了七八个。烧漏一回，李秋实就给买一个。李秋实流着眼泪告诉他，要好好学习，好好过日子，不能去学坏。可告诫归告诫，一个十六七的孩子有时也管不住自己。一天，一个邻居跑到他家院里撒尿，他指责那个人，那个人还嬉皮笑脸地说，我这就撒泡尿，我还没在这拉屎就挺照顾你了。这话激怒了兰岩松，于是两个人动起手来，把人家打伤了。人家恶人先告状，把他告到派出所，给他记了一笔账。

他小时候的邻居伙伴当了兵，在石家庄那一带，1987年在部队上偷了两麻袋军用物资，有军装、望远镜。偷回来以后，就跟兰岩松说，我这有两麻袋东西，家里没地方放，先寄存在你家吧。他就答应了。后来部队发现丢了东西，一路跟踪到了桓仁，找到了派出所，起出了他窝藏的赃物。这又记了一笔账。

他说，后来，两个小时候的玩伴在水电仓库偷东西，叫他帮着望风，他也没觉得是多大的事，就帮人家望风。可又叫人发现了，几个人都被抓起来。那两个人判了6年，他年龄小，不够判刑条件，就进了海城的少管所。这时是1987年，李秋实正在中国医大进修，临走时，兰岩松还没被抓，她给兰岩松送去新鞋子、一袋大米，还给他留下100元钱，叮嘱他"留着买东西，别抽烟，别乱花钱"。

一个夏天的上午，李秋实去少管所看他。李秋实去看他的时候，给他买了换洗的衣服，还有鱼罐头、五香罐头。从来没有人探望过的兰岩松，见到了李秋实，禁不住流下泪来。李秋实抱着变瘦了的小岩松痛哭，一个劲地责怪自己："是你李姨没有尽到责任！"并告诉他好好改造，将来做对社会有用的人。

兰岩松也哭成个泪人，表示一定痛改前非，做个像李姨那样的好人。

在少管所的日子里，李秋实不断地给兰岩松写信、寄钱、送东西。那时，少管所的伙食不算好，菜里头似乎除了盐没有别的作料。兰岩松把这事跟李秋实说了，从那以后，李秋实就经常给他寄味素，味素本来是颗粒状的，可由于路远，到兰岩松手里时已经变成面状的了，可兰岩松还是非常满足，毕竟往菜里放一点儿就有了鲜味儿。而且，在同监的伙伴面前显得很有面子，他再也不是没人管的孩子了。

李秋实除了寄生活必需品，还时常给他写信。她在信中写道："要反思自己，吸取教训，清醒头脑，把坏事变好事。这对你今后如何做有益于他人、有益于社会的好人大有帮助。"在另一封信中，她写道："捎去饺子和香肠，关心你的人很多。希望从自己身上找毛病，不要一错再错，你还是很幸运的人，追求幸福还要靠自己正直、善良。本本分分做人就会有自己的幸福。"

后来，他的一个同乡也进了少管所，在那个同乡亲属去看望同乡时，李秋实就托他给兰岩松带去罐头和饼干。

◎当年少年犯的婚事

兰岩松在拘留所里待了3年，从里面出来已是1990年。出来以后，他就去看李秋实，李秋实给了他50元钱，他不知如何是好，伏在李秋实肩上放声痛哭。为了让小伙子心收回来，李秋实开始为兰岩松工作忙活起来，几经周折，李秋实又是求人又是担保，让兰岩松在医院做起了临时工。

要是不出现意外，他也许就能一直干下去。可风平浪静的日子没过几天，就出了麻烦。

几个人在外面喝了点酒，回到制剂室，喝酒时说话就有点不愉快，回到工作的地方另外两个人又争起来，他去劝架，可其中一个说他拉偏架，把他好一顿骂。这一下把他骂火了，顺手抄起身边的滴流瓶，照人家脑袋就是一下子。滴流瓶破了，那个人脑袋也破了。他一看不好撒腿就跑。受伤那个人一看他跑了，知道李秋实是他的亲人，就找到了李秋实。李秋实赶紧领伤者到外科缝了好几针，交了120元费用，又不停地安抚人家。最后人家还是告到了派出所，派出所就来抓他。他也不敢回家。李秋实看他没影了，见到人就打听他的消息。别人看她那么着急，看到兰岩松时就告诉他，回家吧，你李姨急坏了，到处找你。他就回了家。李秋实看他回来了，就对他说，你可别瞎作了，别再惹祸了。也是祸不单行，正好赶上医院先后丢了两次钱，有人就指指点点，话里话外怀疑是他干的。这一下兰岩松伤自尊了，死活不在医院干了。李秋实一看他这个样子，无奈就拿出400元钱，让他做点小生意。但生意也不像想象中那么好干，只要一干就能发家，做了一阵子，还是以赔本而告终。

就是亲生父母，看到一个人这样五次三番地惹事，可能也会闹心，甚至会撒手不管。可李秋实不忍心丢下他不管，就又给他在劳服公司找了个活。尽管一个月才90多块钱，可毕竟有个地方挣钱哪。可好日子不长，没过多久，劳服公司黄了，有父母的随父母变成了正式工。兰岩松就不行了，无父无母，没有单位接收。李秋实知道这个情况，就又开始为他奔波，找了卫生局、找了劳动局，后来，这件事还上了县办公会，总算解决了。他又回到了医院。在供应室管消毒，每天和瓶瓶罐罐打交道。

他工作后处了女朋友，两人处得很好。女方家长顾忌兰岩松的过去，坚决不同意这门婚事，得知情况后，李秋实先后多次到女方家中，做女方父母的工作。好说歹说，再加上人家信服李秋实，看李秋实对他这么有信心，也就不再说什么了。

兰岩松要结婚时，李秋实像为自己的儿子办婚事一样张罗。今天送去毛毯，明天送去毛巾被，大包小裹地往兰岩松家送，连煤气罐都准备好了。在李秋实的操持下，这个昔日的孤儿也拥有了一个温暖的家。

李秋实绝不是缺乏母性和母爱的人，自小深受孤儿之苦，她最怜惜的是孤儿，最怕别人遭遇类似她的不幸。于是在她亲自主持下，兰岩松完婚了。李秋实说："这我才觉得对得起我那去世的苦姐妹了。"

◎孤儿的祭奠

那天，兰岩松正在进行消毒工作，医院小王上气不接下气地跑来告诉兰岩松："你妈不行了，抢救呢。"在这之前，兰岩松就已经管李秋实叫妈了。一听这话，空气仿佛瞬间凝固，他傻了。赶忙跑到抢救室，外面已挤满了人，他站在那里，却一点儿劲也使不上，非常无助。

李秋实走后，他白天晚上地守在灵前，那时整个脑袋不转个了，就像没有了思维，只想多陪一会儿是一会儿。他跪在李秋实的灵前痛哭失声，叨咕着："我又没有了妈妈，我还依靠谁呀！"出殡的时候，他在中间抬着，李秋实的手不知怎么露了出来，正好搭在他的肩上。兰岩松把母亲的手放在被里，眼泪像开闸的洪水一样倾泻而下。

兰岩松非常后悔，自己还没有向李秋实这个妈妈尽到一个儿子的孝心时，她竟然闭目而去，这个事实让他长时间无法接受。李秋实去世以后，他把自己改了姓，和李秋实一个姓。

烧"七"，他给秋实妈妈烧纸；清明，他去坟前给秋实妈妈叩头。只要想念秋实妈妈，他就独自上山去，坐在墓旁，同妈妈一起听那山上松林的松涛声。

以前经济条件不好，买的鞭放完都是白色的，现在条件好了，他买最贵的，好几十块钱。我去采访他的时候正是清明节前，他把我领到另一个房间，指着工具箱上面厚厚一摞烧纸，告诉我清明的烧纸已经备好了。

现在，他每次去上坟都开着车去，他爱人不让开，他坚持要开。他说："我要让人看看，李秋实养大的孩子现在有房有车。"他对我说，"她（李秋实）对她姑娘都没有对我好，她给我安排了正式工作。那时，他姑娘毕业没工作，还在家待业，她都没找人。"

见到李秋实爱人时，提到兰岩松，他告诉我兰岩松改姓李了，我以为只不过是年轻人一时冲动，可见到他时才知道不是一时冲动，不但他姓李，他的孩子也姓李，叫李心怡。

除了他，还有一个人改了姓，不过不是姓李，而是姓王，因为李秋实爱人姓王。

1985年的春节前夕，李秋实到一个同学家，同学家在一个幼儿园附近。路过一个柴草堆的时候，突然从柴草堆里钻出一个小孩，天那么冷，小孩在这干什么呢？不像是跟别人在捉迷藏，因为周围没有人。小孩满脑袋草叶，甚至分不清草叶和头发，脸也没洗，正在李秋实迷惑不解的时候，那个小孩向她伸出小手："阿姨，给点钱吧，我饿了。"李秋实停下脚步，打量着这个小孩，头发挺长，是个女孩。一打听才知道，父母不要她了，她只好四处流浪，刚刚9岁，已进了好几次收容所，成了收容所的常客。

看着这个躲在柴草堆中的小姑娘，想到自己当年的情境，她毅然把孩子领回家，给孩子洗澡，换上崭新的衣服。李秋实收养了她，给她治好了病，供吃供穿，还送她上学。从此，李秋实家就多了一口人，她也多了一份母爱和责任。买吃的，买穿的，女孩都与她的女儿王悦一样，就连送女儿去阜新奶奶家也把女孩带上，告诉婆婆，好好带这个孩子，对孙女什么样，对她就什么样。春节后，李秋实又想方设法为女孩联系上学，女孩也把李秋实家当成了自己的家。小孩子背起了书包，成了一个小学生。有时，秋实妈妈对她比对自己的女儿还偏爱，以至于李秋实的女儿流着泪跟别人诉苦说："妈妈偏向别人，不和我好。"有一回，王悦和那个孩子争玩具，李秋实护着那孩子，打了她一巴掌，她当即就问母亲："我到底是不是你亲生的，要是，那你对别人为啥比对我还好？"

那个孩子知道秋实妈妈对她好，想永远不离开秋实妈妈，就自作主张，说妹妹（秋实的女儿）叫王月（悦），我叫王星，一个星星，一个月亮。从此她就改名叫王星。

但因为流浪久了，无拘无束惯了，想做什么就做什么，有些事自己以为做得很高明，没人知道，其实，秋实妈妈都知道，她只是不想伤害她的自尊心罢了。一年后，她的生身母亲终于良心发现，把她给领了回去。听说现在她开了个小饭店，已结婚生子了。

曾看到一项调查，说贫困正在成为青少年财产型犯罪的重要因素。

仅以某县法院为例，92%以上的被告人家庭都非常的贫困；有的甚至家徒四壁，一无所有，完全生活在极度贫困之中。这类犯罪一般情况下改造起来也非常困难。当最起码的生存条件都无法具备的时候，不要说是未成年的孩子，就是成年人也往往会不择手段。

引发青少年犯罪有多重因素，其中之一就是家庭因素。比如父母离婚、死亡、服刑或者因其他原因丧失了父母中的一方或双方，家庭的完整性遭到破坏，极易导致青少年犯罪。司法部《少年犯罪与改造研究》课题组在对全国16个省市区18所少管所6495名少年犯的问卷抽样调查中发现，有26.6%的少年犯来自破碎家庭。上海市对工读学校学生的调查表明，来自破碎家庭的工读学生逐年增多，1988年工读生中来自破碎家庭的占16.31%，1994年上升到40.28%。

要避免这些家庭的孩子走上犯罪道路，真需要有李秋实这样的热心人担负起母亲的职责。可大多数这样的孩子没有这样的幸运。

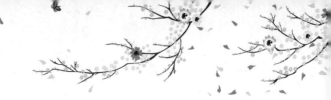

天使有缺点吗

TIANSHIYOUQUEDIANMA

◎天使会有缺点吗

神话中的没有，但生活中的有。

按世俗的观点看，李秋实有时就像不懂礼尚往来似的。尽管别人有大事小情她都能帮就帮，可别人要给她送礼，她说什么也不要。实在推不脱，就加倍地还给人家，弄得别人不知所措。

李秋实生孩子期间，许多同学邮来些小包裹。李秋实只要发现里面是小衣服、小裤子等礼物，她都交给公公，让公公邮回去。这期间，王喜成了儿媳的"邮递员"，负责把寄来的包裹从邮局带回家，再从家里把包裹按原址邮回去。当时邮电所的职工田志仁总是问王喜："王叔：您这是干啥？邮来邮去的？"

朋友或同志生小孩，买点小衣服裤子，在人们看来再正常不过，可她却采用这种方式对待，多数人感到不近情理。

◎在别人娱乐的时候

一个把工作当成生活中心的人，往往顾不上娱乐，更有甚者甚至排斥娱乐。李秋实就属于这类人。

她去世前一年的三八妇女节，县妇联组织全县妇女干部到老干部局搞活动，秋实身为院长，推三阻四，被三请四邀才答应参加。

上午9点钟，妇女干部都开始娱乐了，李秋实手里拿着一个文件袋才匆匆赶到。在活动室里，她亲切地同大家打了招呼，又偷偷地对李玉荣说："你的办公室借我用一用。"李当时挺纳闷："你借办公室做什么？这么大的活动场地还不够你用啊？"李秋实笑着说："你们这挺静的，借这个机会我在你这儿写一写我们医院的管理制度条例，顺便也耽误你一点时间，帮我多提提意见。"李玉荣一听她又要去工作，态度坚决地说："谁不想娱乐都可以，惟有你例外。你得好好玩一玩，休息休息。"李秋实一看这样，就说起了软话："你知道我这个人唱不会唱，跳不会跳，看别人玩，心里干着急。还不如让我干点我爱干的，这样心里才踏实好受，求求你。"一看这样，李玉荣只好答应了。

中午，别人都走了，李秋实还没走，小李开玩笑地说："这可不供饭啊！"李秋实听了，朝桌上努嘴，那里有个吃完的空饭盒。

一年夏天，环抱桓仁城的山峰绿了，穿越桓仁城的浑江水蓝了，这正是领略大自然美妙风光的好季节，五官科的同志们决定出门旅游。作为主持五官科医疗工作的李秋实支持大家的这次活动，她也被邀参加。临出发的那天早晨，她第一个登上大客车，与后来的科里同志有说有笑。可是在客车刚要启动时，她留下一封信就匆忙跳下车去。一位同志在车上给大家读了她的信：

五官科的同志们：

一年一次的旅游活动我又脱离了大家，献上一点诚意表示我和你们在一起。我是一个感情丰富的人，我何尝不愿意和大家在一起交流感情，共同陶冶在异地他乡的风情之中，但是我怕一旦来一个致命的急诊患者而找不到医生，分秒的抢救机会错过了，会给患者带来不可弥补的损失，也给我的良心带来不安和自责……你们会理解我的，咱们之间可贵的友谊就是在理解中形成的。我祝大家玩得开心，玩得愉快，玩得高兴。希望大家把一年的疲劳全抛到九霄云外，把一年中那些不愉快的心绪全消失在共同的欢乐之中。通过这次活动，大家要增进团结，保持友谊。我虽然没去，但是心永远和你们在一起。

◎生命中平常的一天

李秋实只讲奉献，不讲索取，很多人不理解，她却说："人活着不能只为了钱，要讲精神，要讲奉献。生命的价值在于奉献，幸福的意义在于拼搏。"有的人说她傻，她说："有人说我傻，但我觉得无悔。我觉得我的奉献有价值。"

秋实纪念馆馆长肖连伟曾记述了李秋实的一天。从这一天可以窥见她工作的全貌。

那是桓仁县"十年县庆"的第二天，她陪桓仁报社的总编辑赵彦去沈阳做核磁共振复查，他们一路同行。

那天早晨8点，她如约来到县报社，还带着一位姓崔的女患者顺路同去沈阳的中国医科大学附属第一医院检查。她晕车，便坐在司机边的座位上，闭着眼睛，昏昏沉沉地任车载着她前行。

11点40分，到了沈阳医大一院。下车后她和在车上简直判若两人。精神抖擞，迈开"流星步"走在前边领路，连正当年的肖连伟想追上都不容易。检查室的医护人员看到她都非常热情。当她说明来意后，他们主动放弃午休为赵彦和小崔做检查，她则跑前跑后地办理相应的检查手续。

做完这一切，已是午后1点多钟了，她也是汗水涔涔的。肖连伟以为这下可以休息了。她却擦把汗说："你们在这等结果，我还要去省里办点事，先得把借的白大褂还给人家。"说完，又迈开"流星步"走了。

午后2点30分左右，她回来了，说真渴，一口气喝了两瓶矿泉水。问："结果出来了吗？""出来了。"赵彦说着把片子递给她。她把水放在车顶上，接过片看了看，就风风火火地领人到9楼找杨国瑞教授看片。在杨教授看片时，她又领着小崔找别的专家看病了。

3点30分，检查完毕，她对赵彦说："你的病现在没什么事，小崔得住院治疗。"她指着小崔说："我领她去住院部找大夫联系住院，同时把教师学校的何会计住院的事一起办一下。"说完，转身就走。小崔赶忙抓住她的衣服后襟，紧紧跟着，一边走一边不停地说："李院长您慢点，可别把我弄丢了。"

4点10分左右，她领着小崔走了出来，边走边向小崔交代应该注意的事情。正在这时，她的传呼机响了，是县医院的刘少春和郭志节在沈阳传她，向她请示准备去北京修CT的事。晚上坐火车走。她叫他们先到医大来。听汇报时，她左手握着矿泉水瓶右手拿着刚吃了两口的月饼，认真地听着、思考着。听完汇报，她问"现在几点了？""4点半。"

"咱们马上到技术科去问问，不行再说。"说话间，放下矿泉水，撂下月饼，领着他俩急匆匆地走了。

其他人则耐心地在院子里等待着。6点多钟，天已渐黑，他们终于出来了。赵总编迎上去："咱们先去吃点饭吧。"李秋实看着天说："咱们不在沈阳吃，这里太贵了，咱们往回走，到田师傅那吃吧。"回过头对刘少春和郭志节说："你们陪孟工一起走，请他到咱们医院去给看看修修。"他俩点点头，打个招呼走了。他们驶离沈阳时已是万家灯火了。

返回的途中，她显得很兴奋，不停地讲着自己的人生观、价值观，讲述着自己的心愿，讲医院将来的发展。

晚上9点多，到达了田师傅叫"老板娘"的饭店，大家已是一天没吃饭了。点菜时，她抢先对赵总说："别要多了，吃饱就行，千万别剩了"，那顿饭，她吃了两碗米饭。大家吃光了4盘菜和一盆汤。

当回到桓仁时，已是晚上11点多钟了。车行驶在西江新桥上，她望着环城路上那璀璨和明亮的城镇，情不自禁地回过头对大家说了句："桓仁真美。"

◎过皇家园林而不入

避暑山庄是有名的皇家园林。

从康熙四十二年（1703年）至康熙五十二年（1713年），开拓湖区、筑洲岛、修堤岸，随之营建宫殿、亭树和宫墙，使避暑山庄初具规模。康熙皇帝选园中佳景以四字为名题写了"三十六景"。

后来，乾隆皇帝对避暑山庄进行了大规模扩建，增建宫殿和多处精巧的大型园林建筑。乾隆仿其祖父康熙，以三字为名又题了"三十六景"，合称为避暑山庄七十二景。

康熙二十年（1681），清政府为加强对蒙古的管理，巩固北部边防，在距北京350多公里的蒙古草原建立了木兰围场。每年秋季，皇帝带领王公大臣、八旗军队乃至后宫妃嫔、皇族子孙等数万人前往木兰围场行围狩猎，以达到训练军队、固边守防之目的。为了解决皇帝沿途的吃、住，在北京至木兰围场之间，相继修建21座行宫，热河行宫——避暑山庄就是其中之一。避暑山庄及周围寺庙自康熙四十二年（1703）动工兴建，至乾隆五十七年（1792）最后一项工程竣工，经历了康熙、雍正、乾隆三代帝王，历时89年。在英法联军攻打北京时，咸丰皇帝就带着一批大臣逃到了这里。

清朝的康熙、乾隆皇帝，每年大约有半年时间要在承德度过，清前期重要的政治、军事、民族和外交等国家大事，都在这里处理。因此，承德避暑山庄也就成了北京以外的陪都和第二个政治中心。乾隆在这里接见并宴赏过厄鲁特蒙古杜尔伯特台吉三车凌、土尔扈特台吉渥巴锡，以及西藏政教首领六世班禅等重要人物，还在此接见过以特使马戈尔尼为首的第一个英国访华使团。清帝嘉庆、咸丰皆病逝于此。1860年，英法联军进攻北京，清帝咸丰逃到避暑山庄避难，在这里批准了《中俄北京条约》等几个不平等条约。影响中国历史进程的"辛酉政变"亦发端于此，从那以后，慈禧登上政治舞台。随着清王朝的衰落，避暑山庄日渐衰败。

昔日的皇家园林，今天已经成了平民百姓自由出入的地方。虽然已经不像往日那样神秘，但依然为许多人所神往。许多人旅游都把它作为目的地。

1997年，李秋实又去外地买设备，正好路过避暑山庄。司机说："你从来没有看过什么名胜，今天顺道，就去看看吧。"李秋实满心高兴地答应了。来到公园前，当看到一张门票30元钱时，就改变了主意，说："我们还是不进去吧，在门口照张相，就算我们来过了。"

司机也就不好说什么，带着不胜的遗憾，路过避暑山庄，却没能走进它的大门。

已经退休的县委副书记车顺英向我讲述了她与李秋实的一段轶事。她说，我知道秋实很忙，忙得无暇去领略大自然的美好风光。一次，她又随我去本溪，记得那是满山红叶的季节。我特意决定走条新路，目的是顺便看一看一路上的好景色，改变一下她那种一说到自然风光就哪都一样的观点。

一路上她仍然是滔滔不绝地讲她的县医院，没有心思看风景。有时我指点一些特别美的景致让她看，她也是心不在焉。后来走至本溪县境内一处和我县小桂林风光相似的地方。

我提议司机停车，把秋实叫下车，让她看看这里风景怎样？秋实下车一瞅，很惊讶："啊！这是什么地方？真美。"车顺英说："你不是说哪都一样吗？"她眯起双眼深沉地望着脚下的水，面前的山，若有所思地说："不，不一样，是不一样！"那种惬意的样子，给车顺英留下了深深的印象。李秋实就是这样，一生匆匆忙忙，满脑子工作事业，很少有心思顾及这些，但若真的感受一下，也是很投入、很深情的。

◎天使被"板的"司机指责

朱立志在李秋实离世后心情极为复杂，他总是想起最后一次用"板的"送李秋实回家的情景，想起了他对李秋实的指责。他至今不知道对李秋实的那一通指责到底是对还是不对。

在李秋实离世5年前，朱立志在李秋实谆谆教诲和激励下，终于放下手中的麻将牌，离开了迷恋的歌舞厅，开始从事八小时以外的第二职业。每当晚饭过后便在街上蹬起了人力车，也就是俗称的"板的"，这样做不仅仅是为了多挣几个买菜钱，更重要的是换得家庭的和睦。县医院门前是他经常停车的地点，那里人熟乘客也多，趁等待乘客之机，还可以与一些同伴进行交谈。无数次掌灯时分抬头望去，李秋实办公室的灯光依然通明，那熟悉的身影有时还在灯光里来回晃动着。日久天长了伙伴们不止一次地问他："你们院长的工资在医院里是最高的吧？她怎么总是深更半夜的才回家？"开始他对这样的问话做过几次解释，招来的不是否定就是抨击。后来每逢这样的问话，他就不是摇摇头就是笑一笑。偶尔赶上李秋实从大厅里走出来，他便迎上前去主动要求送她回家。尽管李秋实每次都要百般推辞，但总是拗不过朱立志。车一到"站"，李秋实总是笑呵呵地要付给他车钱，朱立志也总是用那句"无私奉献"的话使她笑得更开心一些。因为经常送她回家，有时同伴们还开玩笑地讽刺他几句，可他对同伴们的话从来不往心里去。寒来暑往，转眼5年过去了，朱立志记不清送过她多少次，而让朱立志记得最清楚的，是李秋实去世前不久送她的那个晚上。

那是一个十分寒冷的夜晚，满是冰雪的马路上行人已不多见了。

朱立志和两位蹬三轮车的同伴在医院门前等候着，北风吹得他直打哆嗦。他有心想回家，可又想再拉一趟乘客，兜里挣来的钱就能超过20元，于是就靠在车上大口小口地吸着烟，冻得有些受不住了。这时李秋实在大厅里出现了，穿着紫红色的上衣，腋下还夹着一个档案袋，疲惫地从大厅里走出来。见面便说："都这么晚了还不回去休息，要注意身体呀。"小朱见她难受的样子，又气又急地迎了上去："院长，我送你回家。"她连连摆手说："不用，不用。"还用手来推小朱。可小朱还是把她请上了车。趁着车在坡路下滑不用蹬的机会，多少次送她时想说的话顷刻间脱口而出："院长我问你，你总这样干图个啥？你总这么晚回家谁能容你？你给了王志成多少爱？小悦这么大吃了几口奶？当你看到那母乳喂养孩子好的广告时，你还有脸去见小悦吗？这些年你的家庭失去的太多了，难道还想继续失去吗？"朱立志接二连三地发问，不给李秋实半句插嘴的机会，当朱立志发问完了，想听她如何辩解时，李秋实却是一声不吭。也许，在她的一生中还没有谁这样毫无遮拦地当面指责她，尤其是身份比她低很多的一个"板的"司机。

朱立志心里有点纳闷，她那话匣子怎么闭上了？在路灯的余光下朱立志仔细看了她一眼，发现她的脸上现出一丝惆怅和苦笑。当车路过中药厂的大门时，她才从嗓子眼挤出那么几句话："你好厉害的一张嘴呀，再等两年吧，我退休后再去弥补他们爷俩吧。咱医院明年还得添点设备，你最近……""院长到站了。"朱立志打断了她的话，把车停在路边。李秋实下车后连连说："谢谢，谢谢，受累了，快回去休息吧。"说完一边向他挥手一边朝那条昏暗的小巷里走去。朱立志看着她渐渐远去的背影，心里真有一种说不出来的滋味。

他蹬着车返回，走在那条铺满冰雪的马路上，边走边想，秋实院长。就算你是高级知识分子，也别想来蒙我这个初中生啊，难道什么都可以弥补吗？是岁月能弥补，还是奶水能弥补哇？小悦已经出嫁，王志成都快老了，你还能逆岁月之流而上吗？这不明明是在自欺欺人吗。他不知不觉地又回到了县医院门前，那位满口锦州话的同伴凑上来对他说："哥们儿真会来事，将来院长准能给你提个一官半职！"他知道同伴又在拿他寻开心，就没搭茬儿。

寒风把他逼进了医院大厅，坐在椅子上数着挣来的钱，心中在想：我出来挣钱是为自己，秋实院长此时可能还没吃晚饭呢。说实话，其实每次送她回家，并不是想与她套近乎，也不是想让她夸自己几句，是因为尊重她那高尚的人格，理解她那良苦的用心，更同情她所历经的种种磨难。作为一名曾受过她惠泽的工人，能为她做一点事又算得了什么呢！

1999年12月29日下午14时30分，苍天无情地将李秋实带走了，那次送她回家竟变成了最后一次。他后来每每想起那次送她时自己说过的那段鲁莽的话，就愧悔不已。自己怎么能让她陷入自责，而应该加倍珍惜她坐在车上的分分秒秒，让她多讲点做人的道理呀。

可这后悔药上哪买呀。

◎采访者遭遇尴尬

有些人一听说要写李秋实，就问，她是不是死了？如果不死不可能大规模宣传。

我们的某些宣传给人留下了这样的印象，好像只有死了才可以盖棺论定，怎么宣传都不会出毛病。其实，李秋实活着时，就有许多报刊在

161

传扬她的事迹。我见到的最早的稿子是1978年《辽宁日报》发表的《孤儿当上了人民医生》。后来，县报、市报、市电台都没错过宣传的机会，上世纪80年代初的几年，几乎每年都有关于她的报道。

本来作为记者，采访先进人物的时候因为对方的谦虚、回避而为难是常有的事。但是为采访一个人，一再地吃闭门羹，却是少见的。采访李秋实，却让本溪电视台记者关贺实实在在地尝了一次这种滋味。

1991年七一前夕，关贺和记者金剑一同接受了采访人民好医生李秋实的任务，同时也得到这样的忠告：采访她可不容易，这是对你们采访功夫的一次检验。

为了以防万一，他们做好了充分的准备工作，调阅了大量李秋实的事迹材料，对李秋实有了大概的了解，也做了被对方拒绝的准备。尽管这样，李秋实仍然让他们非常"尴尬"：面对镜头，李秋实捂上大口罩、戴上帽子和额镜，不肯给一个正脸。她的理由很简单：要宣传就宣传医院、宣传大家，我个人没啥好唠的。拍摄受阻，关贺急中生"智"，告诉李秋实自己耳病挺重，请她给看看。在镜头前一直躲闪的李秋实总算坐了下来。他们抓住机会赶紧发问，可她全神贯注诊查关贺的耳"病"，逼急了才敷衍几句。刚刚有个开头，李秋实突然发现金剑在拍她，匆忙躲开镜头，往病房走去。他们也没怠慢，跟着她拍下了一组镜头。

正面采访失败了。关贺和金剑只好"迂回包抄"。从患者和医院职工那里找材料。这次采访非常令人满意，大家争先恐后说秋实的场面，让他们很受感动。连续两天的采访，虽然没能与李秋实正面接触，还是觉得收获不小。为了给观众一个交代，他们在县医院的光荣栏里录下了秋实的照片。就在他们起程回本溪之前，李秋实又托人捎来一封信，再三恳求他们不要宣传她，并向他们推荐几位她身边的先进人物。

他们的采访稿件就以"一次艰难的采访"为题播发了。报道发出后，引起了较好的社会反响，还在当年省优秀电视新闻评比中获一等奖。

《桓仁县报》的记者姜忠平比他们稍微幸运一点，见到了李秋实而且有半个小时采访时间。姜忠平几次约她采访，她不是让采访年轻的，就是让采访年长的。而且点出真名实姓，让他去找那些人。这让姜忠平很为难，领导给的任务是采访她，去写别人算怎么回事呀。幸亏报社总编是李秋实同学，才出面定下了这件事。姜忠平真切地记得他们约定的是早上7点，7点一到，李秋实把手表摘下来，放在办公桌上，一看时间到了，立刻刹车，戴上手表，表示采访结束。

由李秋实真诚地拒绝宣传自己，我想到另外一些人。这些人明明没干什么，却在那里大做表面文章。有权力者就弄一套写作班子闭门造车、无中生有、锦上添花，好像他们是天下人的楷模，始终走在时代前列。编造各种不靠谱的所谓数据，让外行人听得五迷三道，而知道内情的人却在那里嗤之以鼻。这类做法人们后来归纳为两个字"作秀"。

作秀这事被人厌恶很久了，被人声讨很久了，可为什么依然有人乐此不疲？无他，就因为作秀容易做事难。也许还因为作秀风光、露脸，也许还能弄个虚名或是捞点实惠。有人给作秀做一下总结，说它劳民伤财，坑苦了百姓，蒙骗了上级，搞坏了作风，是形式主义，是一种欺骗。

后来有人做了补充，作秀还伤害人。他举的例子是捐资助学。有人搞捐助，大张旗鼓地把受捐助的学生弄上台，让一个个没成年的孩子展览在众目睽睽之下，使他们觉得脸上无光。贫穷并不是他们的错，他们觉得这样做，心灵受到了伤害。有的孩子因此而拒绝捐助。同样是捐助，有的人只是定期给孩子汇款，也不搞什么仪式，甚至连名字都不留。哪一种更好呢？

做事就不同了，需要人用心，更需要人用力，来不得弄虚作假，来不得敷衍草率。

有些人事没做，秀却搞得轰轰烈烈，就像节日慰问贫困户，一大溜车给他们送去一袋米一袋面，外加一桶油。然后到饭店大吃一通。这些油钱、饭钱省下来直接给贫困户不好吗？所以，奉劝诸位，还是多琢磨做事，少作秀。

你正确了 世界就正确了

NIZHENGQUELESHIJIEJIUZHENGQUELE

早年曾看过这样一个段子，一个孩子把一张世界地图撕碎了，怎么拼也拼不到一块。这时，他父亲想起这个地图后面曾被孩子画过一个人像，就按人像的模样拼这个地图，结果，很快这个世界地图就完整了。爸爸对孩子说："你正确了，世界也就正确了。"其实，许多事情都是这样。

李秋实逝世后，秋实精神像越滚越大的雪球，在世间滚动，尤其在她工作过的医院。每当有急危重患者需要输血，在血源不足的情况下，率先献血的是秋实医院的职工，他们已成为医院的活血库。有的医生边手术边献血，有的护士献血后马上投入抢救工作中去。有一次妇科一名产妇出现大流血，需A型新鲜血，医院职工一下就有10人踊跃献血2000毫升，这位患者血管里流淌的几乎全部是秋实医院职工的血液。在医护人员积极献血抢救下，该产妇抢救成功，挽救了年轻的生命，产妇和家属特别感激，激动地说："感谢秋实带出来的好职工，永远忘不了秋实医院，医护人员把我从死亡边缘抢救过来，使我获得了第二次生命。"这样的例子举不胜举。几年来职工献血52200毫升，职工赵立波献血累计达2000毫升。

◎一张令人心动的照片

市里组织这次大规模的报告文学创作活动，张正隆一个劲儿鼓励我写，但最初议定的几个选题不是我不感兴趣就是觉得驾驭困难，所以没有申报。

一天，走进报社，一进后门，蓦地发现一幅大型剪纸，画面正中就是李秋实，我心里一动，过去读过一点儿关于她的东西，知道她逝世时，小小县城几乎倾城出动，在寒风中几万人为她挥泪送行。虽然十几年过去了，但她的精神却显得愈发可贵。所以就决定选她来写。

这幅大型剪纸，是从一个老照片再创作出来的。照片中的李秋实当时25岁，她正在桓仁敬老院为老人义诊。照片上李秋实亲切可人，身前身后的大娘大爷慈眉善目，簇拥着她的小女孩笑逐颜开，画面气氛和谐水乳交融，加之墙上极富时代气息的画图，使人们无不惊叹：这真是一幅精心创作的年画。遗憾的是照片没有署名，人们不知它的作者。接着，《本溪日报》《秋实颂——党的好干部李秋实同志事迹展》等都选用了这幅照片。李秋实生前，医院的同事曾问过这幅照片的来历，她说，只记得是一位记者照的。

后来，记者孙承探听到了这幅照片的作者，是原《本溪日报》的编辑周贵璞。在2000年4月上旬，踏雪来到市中心民院骨外科采访了正在住院的这位老人。

提起往事，周老非常激动，他从一本杂志中抽出这幅照片和发表这幅照片的报纸，给记者讲起了当时的情景。

周贵璞大约在1970年前后，在报社摄影部当记者，在桓仁采访时，他多次听到人们谈起县医院年轻大夫李秋实全心全意为父老乡亲治病的事。凭职业敏感，他感到这是一个很好的题材，便趁李秋实定期为敬老院老人义诊的日子赶到现场拍照。"当时，老人们围着秋实就像对待自己女儿一样，那气氛自然融洽，极其亲切。"周老沉浸在往事的回忆中，"我兴奋得连拍好几张，回来后将照片送给李秋实一张，还放大了不少，起名为《心连心》，准备参加展览，可由于种种原因，这照片一直到30年后才面世。"

2000年元月，周贵璞之子——在市博物馆工作的周子栋看了发表在《本溪日报》的这张照片后，觉得很眼熟，便把照片拿到父亲眼前。周贵璞这才知道李秋实这个好人为山里的百姓累得在工作岗位上倒下了，他当时悲痛异常，提笔给李秋实的爱人王志成写了一封信，信中说："早在本人当《本溪日报》记者前往桓仁县采访中，得（知）李大夫的情况后，在县敬老院拍下这张《心连心》艺术照片。今天一见恨人生短暂，也恨不能前来与桓仁乡亲同哭。"可惜因不知王志成地址，这封信未能寄出。儿子提起照片未署名一事，周贵璞淡然作答："人家李秋实为人民把生命都奉献了，我拍她一张照片，署不署名没啥。"

父亲的无私激励着儿子。在李秋实逝世100天之际，市里决定举办李秋实生平事迹展览，由市博物馆承办。在馆里搞美术的周子栋便责无旁贷地担当起为李秋实塑像的重任。周子栋今年43岁，他的摄影作品曾两次在国际获奖，本溪烈士陵园、温泉疗养院都有他的雕塑作品。

对雕塑半身像，他完全能胜任。但为了真实地再现李秋实的风貌，周子栋仍不厌其烦地请来熟悉李秋实的人当参谋，听说红十字会医院一位大夫与李秋实是至交，周子栋便特意把她请来挑毛病。在筹备展览期间，周子栋担负着翻拍170多张照片的任务，他坚持着每天早5点开始，晚8时收工，连续6天将李秋实的塑像雕塑成功。4月6日，《秋实颂——党的好干部李秋实同志事迹展览》开展当天，人们纷纷在塑像前留影。李秋实的丈夫王志成紧紧握住周子栋的手，感动得潸然泪下。

后来，鲁迅美术学院的高凡先生在郭元戎的邀请下，为李秋实雕刻了汉白玉的半身像，一直摆放在秋实纪念馆里。

◎人民代表该怎样当

好像是1980年，我们在学校时参加了一次选举投票，这是我一生记忆中唯一一次投票选举人大代表。当时是选大连沙河口区的代表，把名单发给我们这些大学生，除了姓名，上面干干净净，就空出一些格子，等我们画圈儿。这样的代表选举有什么意义呢，我们不了解他们的能力，不了解他们的品行为人，也不知道他们的主张和看法，这样的代表与我们有什么关系呢？我当时颇为疑惑，就在选举后写下了一首诗，题目叫《写在选票后面》，寄给了当时在《溪水》当诗歌编辑的孙承，他给发在了他们的杂志上，当年评作品奖，还给了个奖励。借写稿的机会把它晒出来，看看上世纪80年代初的我们，曾经想些什么。

写在选票后面

——致将当选的代表

如果春风过后大地还一片凄凉，
人们就不会赞美春光；
如果秋季到来而没有收获，
人们就不会把秋天歌唱。

你们无须像国外的议员，
费尽口舌到处演讲，
热心和不热心的选民呵，
会凑够选票的足够数量。

可你们是否知道：
结婚十年的夫妇
依然租赁着低矮的小房；
生物系毕业的学生
竟每日里
汗流浃背地炼钢；
在任何文件上都画圆圈的领导，
为了子孙的前程
还恋恋不舍地留在岗位上，
法治的种子
还没在
我们的大地上生根；
封建主义的浊流呵
早污染了
每一道河床……

你们并不是菩萨，

柳枝一甩
所有魔障都退避远藏，
我们也并不指望，
今天选出你们，
明天立刻变样。

只愿那选票箱不是一口枯井，
急雨似的选票落进不发出一点声响；
愿你们在茶桌边开怀谈笑时，
不要把选民们的期盼忘光。

人们画上一个同意的圆圈，
是把一颗心向你们捧上；
人们投下了选票，也投下了真诚的希望。

亲爱的代表啊，
你将用什么来证明
粉红的选票不是废纸一张。

现在的许多人大代表多是官员，平时工作很忙，有时就是开人代会都要请假。让他们整天在选民中收集意见，也似乎有点让他们为难。因此他们开会时的议案往往和他们个人工作结合得比较多，很难反映多数群众切实关心的问题。

李秋实是个认真的人，不但工作认真，当代表也认真。一年腊月二十七，家家户户都张罗过年了，可李秋实却匆匆赶到她熟悉的小荒沟村，找到纪凤艳，让她陪着走几家听听意见，好到人代会上去反映。她们走了一家又一家，唯恐落下什么重要意见，走访完了，连口饭都没吃，就又返回县里。

村口如今的土道，当年只是一条小田埂，李秋实把这个情况向上做了反映，引起了上面重视，决定修建一条新路，才有了现在的模样。

写小说的高术文在回忆中提到了李秋实当代表的情况。

作为市人大代表，我们相识了，她从不以官者自居，不准称她李院长，说我比她小8岁，叫姐姐蛮亲切。她有一个特点，不笑不说话，与她在一起，啥嗑都唠，无拘无束，轻松愉快。

大会开幕了。日程安排似乎形成惯例：上午开会，下午讨论，我们分在同一讨论组。

在会上她总是第一个发言，张口农村缺医少药，闭口没有医疗设备……委实苦坏了记录的高树文。她讲起话来时间太长，有时一讲能讲一下午，全然不睬有异样的眼神在乜斜着她。也难怪，在座代表还有市直单位的，就你桓仁的事重要吗？她凭一名"老代表"的经验卓识，熟谙会中、会后代表提出问题，政府解决问题的分量。市委书记、市长到讨论组看望代表，那么短暂的机会她也不放过，缠住领导请求给予答复。她的神态，与其说请求，不如说是在乞求，就差下跪了。高术文有时不禁想，秋实姐，你究竟图什么？大会即将闭幕了，她让高树文和小刁代笔，根据她发言的内容，写议案，写建议。他们写毕，她将议案一一挑拣出来，跑东屋，串西屋，找代表联名画押，使这沉甸甸满载着桓仁30万人民心愿的议案具有法律的效力和尊严。一届代表任期五年。5年5次会议她是会会如此。每当我走进或路过这座设备先进、改造一新的医院大楼时，总有一种说不出的感慨：它是她短短7年风雨兼程、四处奔波、用心血和汗水浇筑起来的一座辉煌瑰丽的丰碑。

雷达在《秋实凝香》中写道：人们都说，李秋实做的好事像天上的星星，数也数不清。人们这样讲的时候，有人却心存疑惑：她做好事为了啥？是为做好事而做好事吗？是为保住模范的头衔吗？是把自己变成一架专门做好事的机器吗？抑或，只是为了维持一种可怜的虚荣？须知，她是连续九届的先进工作者、劳模、优秀党员，这光荣从"文革"一直贯穿到她逝世，几乎从未中断。在那个全民族迷狂的年代，是不能排除某种异化、扭曲，或者迎合的成分的。这有时并不说明本人品质如何，而是风气和时尚使然。我不敢说李秋实没一点拼力做好事以维持荣誉的造作、虚荣，但就我的访问所及，我发现她的行为主要还是源于一种内心的需求。她焕发的是真实的激情，不帮人就觉得活得没劲、没意义，失去了对象。她不是那种恩赐施舍型的，也不是那种为做而做表演型的，她是出于一种善良人性的自然流露，一种不计回报和不追求轰动效应的行为，于是呈现着质朴和自然的特色。这正是她最可爱的地方。她有时觉得自己很强大，具有强大的爱的能力，从小接受了那么多爱，把它们贮存起来，像水库蓄水，随时准备释放。仁者爱人，李秋实是仁者之花，爱人是她一生行为的主要驱动力，对此，她未必理性地自觉，但始终实践着。惟其如此，她才会在不经意中帮了许多人，而人们也才会那样真心地怀念她。

她在卷柜上写下的"有益于人，有益于社会"的字样，很引人注目。有人者解释，她落（掉）了一个字，应该是"人民"，不是"人"。其实，我已经发现有关介绍李秋实的材料上，都在提这两句话，但都代为改作"人民"了，并把此话作为李的重要语录。但我看到照片上写的就是人，而不是人民。就短短两句，加一起才9个字，绝不会是无意漏掉。她原来就是这么想、这么写的。她没有刻意分辨"人"与"人民"究竟有多大区别。我们知道，"人民"这个美好的字眼，曾在"文革"中被滥用过，曾有多少无辜者被斥逐在外，以致这个词变成了打人的棍子。李秋实的感人处恰恰在于，她似乎显得很迟钝、很马虎，其实她这么写是基于她一贯都是不分尊卑、贵贱、高低、老幼、贫富地对待着每一个患者，尤其是他们中的穷人。"文革"中她就这样，当她掌握一点小权的时候，特别保护医院里的一批当时不属"人民"的"高知"和"反动权威"。她尊重他们，觉得他们才是有大用的人，于是不断地带他们下医疗队，实际是帮他们逃避批斗。正是这一点，使她这个"文革"中的"红人"，在"文革"后仍能够受到群众的信任和拥戴。现在她依然这样，对生满虱子的穷老汉、卖茶叶蛋的老下岗者，从不嫌弃，尽力给予帮助。她好像从不知势利和贵贱为何物。

李秋实多年的工作得到社会的承认，她生前荣获全国、省、市、县各种荣誉、奖励近百次。她被选为辽宁省第七届党代会代表和辽宁省第七届、第八届人大代表，并9次荣获辽宁省劳动模范称号，1992年还获得全国卫生系统先进个人称号。

赤日炎炎的2000年6月21日下午，中共辽宁省委隆重召开大会，郑重宣布：追授李秋实同志"模范共产党员"称号，并决定在全省开展向李秋实同志学习的活动。

◎舞台名角与天使的缘分

2000年清明节，李秋实事迹报告团成员、市话剧团名角刘美君女士赶到了桓仁。她把精心挑选的鲜花一朵朵轻轻地放在秋实墓前，她觉得长眠的人应该能闻到花的芬芳。

1997年2月，市里树立6位精神文明典型，名角刘美君负责演讲李秋实的事迹。粗粗看了事迹材料后，觉得有些粗线条，缺少一些鲜活的东西。刘美君决定深入采访，挖掘人物的内心世界，为此她特意来到桓仁。然而一腔热血却碰了软钉子，李秋实拒绝采访自己，说要讲多讲讲医院。后来几经周折，刘美君住进招待所等候这位不愿"张扬"的院长，等候这位拒绝采访的采访对象。谁知，在招待所里，二人彻夜长谈，竟忘了时间。那是一次女人与女人、母亲与母亲、朋友与朋友式的交流，刘美君谈到自己孩子的耳病，李秋实谈到医院的发展、规划和自己的种种设想，谈到对丈夫女儿的愧疚。那一夜，李秋实也红着眼圈感叹，说等退休了，要好好地给丈夫、女儿做顿可口的饭菜，再重新当回妻子，做一把母亲。

演讲那天，刘美君以《大山里的天使》报告赢得了阵阵掌声，人们为秋实献上了一束花。鲜花送模范，这份崇高的荣誉是人们给秋实的，而秋实又把它送给了美君。秋实说她记挂的是美君那患耳病的孩子，所以非要买来书包去看孩子不可，事后，花摆在美君的卧室里，而美君也听说，当初秋实之所以改变主意接受采访，也是因为听说美君有个孩子听力出了问题，秋实当初最想了解的是孩子的病情。后来，刘美君又一次成为李秋实事迹报告团的主讲成员，三八节，一首配乐诗朗诵《秋实，你别走》拨动了场内场外观众的心。记者祝辉记录了这件事情。而现在，报告一场接一场，每场报告她都是流着泪用心在诉说。两次演讲两种心境，但两次演讲对刘美君来说是两次心灵的净化和升华。她说她要还那个心愿，就是把人民献给秋实的花还给秋实。

◎最后一个被采访者

写这本书的最后一个被采访者身份比较特殊，他是我供职单位的最高领导，本溪日报社社长郭元戎。本来我们在同一楼层办公，按理来说应该最容易采访。可他在我采访那一段时间里，为报社到处奔忙，筹建本溪日报桓仁分社、建委分社，本溪晚报另辟办公楼，后来又是市里大规模的房产交易会，又马不停蹄地率队到外报学习，又因手术住了一段院，再加上市里的大小会议，结果最容易采访的反而拖到了最后。

所以要采访他，是因为同事加朋友王福建告诉我，你要写李秋实应该采访一下咱们社长，李秋实纪念馆就是他一手操办的。

我原想就让他介绍一下建李秋实纪念馆的事，没承想他与李秋实还有个人的交往。

那是1995年春节，他爱人因为生小孩住进了县医院。他清楚地记得腊月二十八孩子出生，在医院过的春节。

当时他岳父给女儿炖了一锅鸡汤，可由于天冷，拿到医院时鸡汤已经凉了，看上去油腻腻的，一下就没了食欲，这样温度的东西不便于让孕妇吃。他就想用带去的酒精炉热一下，不巧的是酒精炉没了酒精。就只好下楼，到外面买酒精。正好在楼梯上遇到了李秋实，李秋实以前见过他，就问他干什么这么急匆匆的，他就说酒精炉没了酒精，鸡汤凉了没法热，要出去买点酒精。李秋实就说，你先回去吧，我想办法。不一会儿，李秋实给他们的病房送去了酒精。他原来以为是李秋实从药房要的，后来别人告诉他，是李秋实自己掏腰包给买的。这件事是他们个人的第一次交集。

到了1996年，医院闹起了血荒，有些急需输血的病人因为缺血生命危在旦夕，医院不得已动员医务人员献血。郭元戎当时身为县团委书记，听说这样的情况，就发动各级团组织组织无偿献血。年轻人一听说这种情况纷纷报名，就像抗战踊跃上前线似的，一下子就解决了医院的难题。从不请人到外面吃饭的李秋实请了郭元戎等几个组织者，到一个小吃部吃了一顿饭。以往有客人，李秋实就把客人往食堂一领，不到外面吃。别人打趣地说，我们跟郭书记借光了。

说起建李秋实纪念馆，郭元戎说在他之前，两任宣传部长李景玉、王文国就筹划过这件事，并且在县工会办了李秋实的事迹展览。但更多的计划没来得及实施就调走了，自己是2001年12月25日到县委宣传部当部长。当时省委发出了向李秋实学习的号召，省委书记亲自题词。县委书记王德波找到他，对他说，李秋实是桓仁的精神财富，是桓仁发展的思想动力和源泉，应该让人们世世代代记住她。

于是从2002年他开始把工作重点放在纪念馆的建设上。从选址、设计、建筑施工，几乎都要操心。纪念馆建筑面积3001.44平方米，除了县财政拨一部分，又向上争取一部分，老县委书记赵长愉已调到市里工作，也积极帮助筹措资金。为了节省开支，他们发动县里的青少年到浑江边、六河岸捡石头，各式各样的石头在很短时间里聚到了工地。后来，这些石头都铺在广场上和镶嵌在景观墙上。为了降低造价，他们还到普乐堡选景观石。除了景观石，他们还就近取材，到山上选取景观树——云杉。为了形状完好，他们用草绳捆，小心翼翼地搬运，后来，这些树都存活下来。

李秋实纪念馆节省了不少钱，这还真靠李秋实的在天之灵。辽宁省标准化设计院设计纪念馆本来需要十万元，可他们听说为这样一个一心为了别人的人建馆，就只象征性地收取了一点费用。郭元戎组织市里的书画家写字作画，他们在市中心医院把一些桌子拼在一起，就开始创作，所有的作品都无偿奉献。中午只在食堂吃点面条，却没有谁出来报怨。郭元戎现在还记得画家中有张广志、米永强。他还记得冯大中老师的书法写的是："光照汗青"。

在施工的那两年里，他真是忙得不可开交。各种工作都要做在前头，要找鲁美的人做李秋实的汉白玉雕像，请人看模型像不像，要请书画家，要找景观树……县委宣传部的宫克峰经常骑着摩托车拉着他到工地上看工程进度，到各处联系和纪念馆相关的事情。两年后，那里小桥流水、绿树成荫，成了辽宁省爱国主义教育示范基地，也成了桓仁百姓休闲的好去处。

在抓纪念馆建设的同时，他还主编了两本书关于李秋实的书，一本是《怀念秋实》，另一本是绘画本《李秋实》。就是这本薄薄的绘画本，对在青少年中传播李秋实精神真是不可替代的宝贵资料。

采访最后我问他，对李秋实这个人物你怎么看？他说，认识她时没把她当成典型，就是一个好人，善良、正派。我敬佩她表里如一，把信仰和追求渗透到骨髓里，不是做样子。带着感恩之心去做事，这是许多人不具备的。她一生按照自己的原则和追求做事，别人做一天两天容易，要像她那样做一辈子是不容易的。

◎2000年的清明节

2000年清明节时，秋实长眠在北山公墓已快一百天了。一百天里，她墓前的鲜花从没断过。连打遍街骂遍巷谁也不敢惹的主儿，也一次次地前来跪拜。清明节那天，许多老百姓为了躲开团体的祭奠和媒体的关注，于清晨5点就赶到墓前。尽管山路泥泞、春寒料峭，却挡不住人们对逝者怀念的脚步，人们来了一批又一批，秋实墓前哀思不断。

一个伟大的生命，创造了20世纪华夏大地上一个真实动人的童话。

一个衣冠考究的中年男人在秋实的墓前深深地鞠躬，然后把一本书恭恭敬敬地献上。他叫黄波，个体户，那本书是他用了两个月的时间，呕心沥血写成的大型组歌《秋实颂》。得知秋实去世的消息，他捶胸恸哭，然后放下所有的生意，决心把秋实的事迹写下来，唱出去——

"雪茫茫，风啸啸/花如海，人如潮/泪眼双双送亲人/真情滚滚心中烧/你把生命献人民/情洒大地涌春潮/山山水水把你叫/秋实你走好……"

这是桓仁30万人民的心声啊，秋实，你可曾听到？

秋实墓前挤满了祭拜者。他们早早起床，从四面八方赶来，只为在清明节能向心中最可敬的人添一抔土，献一束花。

省市三讲巡视组成员、县委、县政府领导来到了秋实墓前，他们向秋实深深地鞠了三个躬，为秋实献上了花篮。

曾被李秋实救治的患者赵振新夫妇手捧鲜花，默默地跪在秋实墓前。深情地告诉长眠的逝者："李姨，俺们来看你了……"话音未落，已是泪流满面。

省著名女作家、朝阳市文联领导萨仁图娅也来了。她默默地摘下胸前的红纱巾，轻轻地系在李秋实碑上，给秋实同志一份深切的祝福。

县农牧业局一行30人徒步走了2公里路，风尘仆仆来到墓前。他们高举"秋实同志永远活在我们心中"的挽幛，在英灵面前宣誓。

省市妇联领导在县委副书记车顺英的陪同下，向李秋实献了花圈。省妇联副主任李小青激动地告诉记者，省妇联已号召全省妇女向李秋实学习，我们要把她的事迹推向全国，使秋实精神发扬光大。

早春寒风里，15位白发苍苍的老人步履蹒跚地往北山公墓走来，他们都已七八十岁了，有的拄着拐杖，有的互相搀扶着。他们是来看他们的好闺女的，走至墓前，光荣院的老人们呆呆地抽泣着，从秋实去世至今，他们一提起秋实就忍不住掉泪，现在，他们的眼泪已经哭干了。李秋实去世刚过百天，敬老院74岁的范永奎老人，戴上解放大西北时的勋章，赶了几里山路，登上位于山顶的公墓，以一名老军人的尊严站在李秋实的墓前，向李秋实行了三鞠躬礼。他在墓前留恋了许久，最后流着老泪依依惜别。

县医院300名职工身着白大褂，眼含热泪来到秋实墓前。他们拭去秋实墓碑上的尘土，把四周的黄土平了又平，整了又整，来表示怀念和追思。

秋实的墓地是公墓中普通的一座，墓前的碑石与其他碑石也没什么区别，来扫墓的人总感到有些不安。然而，一位患者的话，让大家的心里得到了一丝安慰："秋实做的好事太多，再大的碑也写不下她的功德。"

听了这样的话，我突然想起老子《道德经》里的一段话：

天长地久。天地之所以能长且久者，以其不自生，故能长生。是以圣人后其身而身先，外其身而身存，非以其无私邪？故能成其私。

　　翻译过来就是，天长地久，天地所以能长久存在，是因为它们不为了自己的生存而自然地运行着，所以能够长久生存。因此，有道的圣人遇事谦退无争，反而能在众人之中领先；将自己置之度外，反而能保全自身生存。这不正是因为她无私吗？所以能成就她的自身。

　　同时，我也想起了诗人张捷的几句诗：

　　真正的人生

　　凋落也是纷飞

　　枯萎更具芬芳

　　一切坎坷与艰险

　　都在晚年老出辉煌

后　记

　　尽管摆弄了一辈子文字，可用报告文学的方式写这么长的文字还真是大姑娘上轿头一回。既然是头一回，就觉得有些笨手笨脚力不从心。幸亏同事蒋国斌从李秋实纪念馆馆长肖连伟那里借来了几本关于李秋实的书，让我能够完成这十几万字的写作任务。

　　李秋实是我这一生了解的最生动最朴实也最动人的一个典型，桓仁人给她的精神定义为回报、追求、奉献，这具有高度，也有概括力。通过采访、思考，我对她的感恩、善良、无私，印象深刻，尤其是她的表里如一，更让人难忘。这样一个人生长在本溪是本溪的骄傲。当春寒料峭之际，冻得有点发抖地听李秋实纪念馆馆长肖连伟给我一个人专门讲述李秋实的时候，我突然觉得，这样的人没有在全国宣传出去，是国人的损失。当此道德滑坡人人为之痛心疾首的时刻，李秋实尤显得弥足珍贵。这样的人，无论在哪个时代都会让人肃然起敬。她就像天上的明月，有时会被遮掩，但她的光辉永远闪耀，普照着夜行的人们。

　　记得蒋介石在胡适去世后写了这样一副挽联：新文化中旧道德的楷模，旧伦理中新思想的师表。我借用这副挽联照猫画虎，给李秋实写上两句：新时代中旧传统的榜样，旧道德里新追求的典型。

　　我本是愿意写点杂文随笔之类的东西，这些东西都以批判和反思为特征，而这本报告文学却是歌颂类的东西。有些人可能感到疑惑，一个批判者怎么成了歌颂者。其实，批判也好，歌颂也罢，都是为了让人们追求真善美，在这面旗帜下，批判者和歌颂者可以并行不悖携手而行。

　　经过将近一年的采访、阅读、写作，总算脱稿了。

　　感谢张正隆让我走上这"溜光大道"，感谢宣传部领导信任，赶我这鸭子上架，也感谢下列一些人，让我走了捷径，他们是——肖连伟、姜忠平、孙君、孙秀凤、宋昌辉、周颖、雷达、柳维俊、张宁、朱立志、宁丽丽、刘小岩等人，尤其要感谢李秋实家人王志成、王悦及桓仁县委宣传部的同志。没有他们，就没有这本书。

这是一本我第一次这样操作的书，是一本凝结着许多人劳作的书，也可能是本费力不讨好的书。我名义上是个作者，实际更像是个编者。因为李秋实已逝世15年，许多事情就是经历者也记忆不清，只能借助当初记忆真切时留下的文字。何况李秋实这样的人只要把她的东西如实记载下来就足以使人心动。就像巍峨的崇山峻岭，它本身就让人叹为观止流连忘返，无须小花小草的点缀。我采用的文体是报告文学，在我的笔下，也许只有报告，没有文学。笔力笨拙的我只是个不合格的记录者，希望读到它的人原谅。

2015年5月初稿
2016年3月改毕